별빛 내리고 들꽃 피는데

별빛 내리고 들꽃 피는데

초판 1쇄 인쇄	2013년 04월 12일
초판 1쇄 발행	2013년 04월 19일

지은이	김 정 호
펴낸이	손 형 국
펴낸곳	(주)북랩
출판등록	2004. 12. 1(제2012-000051호)
주소	153-786 서울시 금천구 가산디지털 1로 168,
	우림라이온스밸리 B동 B113, 114호
홈페이지	www.book.co.kr
전화번호	(02)2026-5777
팩스	(02)2026-5747

ISBN 978-89-98666-45-3 03810

이 도서의 국립중앙도서관 출판시도서목록(CIP)은 서지정보유통지원시스템 홈페이지(http://seoji.nl.go.kr)와
국가자료공동목록시스템(http://www.nl.go.kr/kolisnet)에서 이용하실 수 있습니다.
(CIP제어번호 : 2013003400)

소박한 이야기에서 만나는 힐링 에세이

별빛 내리고

들꽃 피는데

김정호 지음

book Lab

머리말

　사람은 감동을 받을 때 행복하고 살맛이 난다고 한다. 우리는 살아가면서 가슴 찡하고 활력 넘치는 감동을 받기도 하고 주기도 한다. 아름답고 가치 있는 삶에는 감동이 있다. 감동이 있는 삶은 사람들에게 즐거움과 꿈을 준다. 삶이란 힘들고 어려움이 있을지라도 간헐적으로나마 샘솟는 감동이 있어야 한다.

　언젠가 나는 유병석의 〈자반을 먹으며〉를 읽고 무한한 감동을 받았다. 어쩌면 글의 내용이 내 어린 시절의 일상과 똑같을까? 분명 살아온 환경이 다르고 강산이 몇 번 변하였는데도 나의 유년 시절을 보는 것 같았다. 3대가 함께 살아가는 가족의 밥상문화가 그렇게 일치할 수가 없다.

　이는 작가의 문필이 워낙 뛰어나기도 하지만 무엇보다 그 시절의 애환과 정서를 그리워하며, 진솔한 마음으로 삶을 섬세하게 묘사해서일 것이다. 이 글을 읽으면서 애틋한 나의 고향과 정겨웠던 가족을 다시 한 번 생각하지 않을 수 없었다. 한동안 향수에 젖어 한없는 고마움도 느꼈다. 나도 누군가에게 감동을 줄 수 있다면 소박하고 평범한 이야기라도 글로 묘사하여 세상에 표출하고 싶다.

직장에서 릴레이로 쓰는 〈아침愛 편지〉에 내 차례가 되어 일하는 즐거움에 대해 직원들에게 사내 메일을 보낸 적이 있다. 그때 한국 도로공사 충주지사에 근무하는 직원이 답신을 보내왔다. 그는 "다 같이 파이팅 하자"는 응원의 소리가 정말로 동기부여가 된다고 한다. 나의 보잘 것 없는 글이 한 사람에게라도 감동을 준다면, 아니 어느 정도 공감을 한다면 열과 성을 다해 글을 써야겠다고 다짐해 본다.

글은 말과 달라서 쉽게 건성으로 쓸 수가 없다. 또한 출간된 글은 삭제하거나 수정할 수도 없다. 그래서 사실관계의 확인은 물론 문장이나 낱말 하나에도 온 정성을 다한다. 그래도 미비한 점이 있게 마련이다. 출간 후 사실관계를 착각하거나 오자를 발견하면 머리가 떵하며 한동안 허탈하다.

어쩌다 나는 책을 2편 출간하게 되었다. 돌이켜보면 보람도 있었지만 한편으로는 후회도 한다. 보람은 글 쓰는 습관이 삶을 더욱 진지하게 하고, 후회는 시작을 하지 않았다면 고뇌하지 않아도 될 텐데 글을 써서 생고생을 하는지 한심하다는 생각이 들 때다. 또한 놀라운 것은 처음에 의도했던 것보다 결과가 풍성하고 새로운 세계가 펼쳐질 때다.

이상하게도 글을 쓰다보면 상상은 또 다른 상상을 낳고 생각지도 못한 지난날의 기억들이 고스란히 선명하게 나타난다. 이제는 글 쓰는 것을 중단하기가 어렵게 되었다. 마치 도박이나 게임에 빠져 헤어나지 못하는 사람들처럼 글에 중독된 것 같다. 그냥 있으면 허전하고 무료하며 백수가 된 느낌이다.

세상에는 좋은 일만 있는 것이 아니라 어렵고 힘든 일도 많다. 여러 사람이 함께 살다보니 필요악도 있고 불미스러운 일도 종종 생긴다. 그러한 과정에서 아픔도 서러움도 서글픔도 허탈함도 있다. 이런 것들은 사람들의 마음속에 깊은 상처를 남기게 마련이지만 그래도 삶의 한 단면이다. 감동을 주고받는 것과 마찬가지로 상처를 주고받는 것도 쉽게 잊히지 않는 아픔이기에 우리는 거시기한 세상을 살아간다. 이 모든 것을 치유하고 함께하는 삶이 인생의 또 다른 길이다.

나는 보통 사람들처럼 여러 사람을 만나며 살아가지만, 내 글을 읽을 만한 독자는 소수에 불과하다는 것도 잘 안다. 그렇지만 그들이 내게 관심과 힘을 실어주고 있으니 그저 고마울 따름이다. 그들에게 조그만 감동이라도 줄 수 있는 사랑과 사연, 인간이기에 겪어야 했던 고뇌와 아픔, 잊을 수 없는 추억과 세상사, 자연의 심오함과 변화, 먼 훗날의 아름다움을 끊임없이 그려보고 싶다.

이 글은 어떤 주제나 내용을 생각하며 쓴 것이 아니라 일상생활에서 느낀 감동이나 불합리 등을 표현한 것에 지나지 않는다. 잠이 오지 않을 때, 고뇌가 있을 때, 생활이 무료할 때, 세상이 허탈할 때, 새벽이 상쾌할 때 등등 떠오른 생각을 스케치해 두었다가 삶을 돌아보고 누군가를 그리워하며 쓴 것이다.

자연·사람·세상의 중심에는 사랑이 있다. 친근한 자연에서 지혜로운 사람들이 기쁨과 슬픔, 희망과 좌절을 맛보며 함께 사랑을 하며 인생을 살아간다. 그래서 삶은 살맛 나며 보람이 있다. 무수한 생명체가 함께하기에 삶이 있고 계절의 아름다움이 있으며 인생이 있다.

오늘도 별빛이 쏟아지는 밤하늘을 보며 누군가에게 사랑을 보낸다. 내일도 들꽃이 피어나는 대자연을 그리며 누군가에게 꿈을 보내련다. 모든 이가 저 하늘에서 내려오는 맑은 영혼의 빛을 받고, 저 평원에서 올라오는 힘찬 기운을 받아 행복하기를 기도해 본다.

차례

제1장

친근한 자연

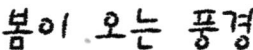

봄이 오는 풍경

　때는 3월 하순인데도 날씨는 꽃샘추위로 한차례 홍역을 치른다. 밤과 낮의 기온차가 무척 심하다. 바람이 시샘하여도 한낮이 되면 봄의 기운이 대지를 덮는다. 지구 온난화로 이상 기후가 있지만 봄은 봄이다.

　나는 1주일에 두 차례 충주시 앙성면에 있는 지당리 저수지를 만난다. 그렇게 크지 않은 저수지는 좌우가 산으로 둘러싸여 있고 뒤편에는 논배미가 옹기종기 있다. 저수지 끝자락과 논배미 사이에는 수양버들이 듬성듬성 작은 마을을 형성하고 있다. 바람이 호수를 흔들어도 저수지는 물결이 일 뿐 초연하고 변함없는 모습이다.

　월요일 출근시간과 금요일 퇴근시간이면 어김없이 이 저수지를 지나간다. 출근시간에는 영롱한 햇살이 호수에 반사되어 강하게 다가온다. 호수 주변의 산과 나무들 사이의 작은 공간까지 빛이 스며들어 아름다움을 수놓는다. 퇴근시간에는 한낮의 열기를 받아서인지 호수의 풍광이 따사롭고 한결 평온해 보인다. 차창으로 보이는 저수지는 늘 고요함을 보여준다. 오늘따라 변화와 움직임이 눈에 띄게 나타난다.

지난 12월 하순, 처음 지당리 저수지를 대면했을 때는 엄동에 꽁꽁 언 풍광이 겨울의 진수를 보여주고 있었다. 추위에도 흐트러짐 없이 꼿꼿이 서 있는 나무들은 고독과 처연함 그 자체였다. 하지만 봄을 준비하고 누군가를 기다리는 사람들처럼 희망을 품고 있었던 것이다.

오늘은 수양버들이 아주 옅은 푸른색을 희미하게나마 살짝 보여 준다. 얼었던 호수가 어느새 녹았는지 신기할 따름이다. 매주 보았는데도 그 변화를 모르고 있다가 오늘 비로소 아차 하며 느꼈으니 얼마나 감각이 둔한가. 나뭇가지에 앉아 있는 새들도 봄을 느끼는 것 같다. 차에서 내려 상큼한 공기를 마시고 봄이 오는 소리를 들으며 풍광에 하나 되고 싶은데 그러질 못하고 있다. 여기에서 10분 머무르면 고속도로 교통이 지체되어 20분 늦게 집에 도착한다는 생각이 앞서 천천히 지나가는 정도다.

우리의 생활이 아니 인생이 이와 같다. 시간에 쫓기다 보니 바쁘다는 핑계로 변명하며 산다. 그렇게 산다고 해서 특별히 나아지거나 얻는 것도 별로 없는데 말이다. 자연이 주는 즐거움은 크게 대가를 지불하지 않아도 되는데 왜 사람들은 그렇게 사는지 모르겠다.

옛사람들은 봄이 한참 멀었는데도 봄을 노래하는 삶을 살았다. 봄이 올 무렵이면, 나는 초등학교 때 배운 기억이 희미한 시가 생각난다. "우수도 경칩도 먼 날씨에 그렇게 차가운 계절인데도, 개울가에는 버들강아지가 움트고 얼음장 밑에서는 송사리가 논다"는 그런 내용의 시를 떠올리며 지당리 저수지를 지나간다.

우리 사업단은 충주시 노은면 문성리 시골마을에 있다. 점심을 먹은 후 들녘으로 나오니, 농부가 사과나무 과수원에 흑갈색 거름을 듬뿍 뿌리고 있다. 저 거름이 정말 아름답다. 사과나무를 위해 거름이 필요하듯 나도 누군가의 거름이 되어야겠다. 봄은 이미 농부의 가슴에 와 있다. 경운기에 가득 실은 비료는 가을의 풍요로움을 보여준다. 순간적으로 경운기의 비료가 빨간 사과로 보인다. 봄이 오는 들녘은 바라만 보아도 즐겁다.

아지랑이가 아롱거리는 저 언덕 들녘을 바라보노라면, 어린 시절에 뛰어놀던 고향의 언덕과 순간적으로 겹쳐진다. "어른신들 따라 논밭에서 흙장난하며 놀던 그 희미한 기억이 아롱거린다. 산에 오르면 들판마다 나물 캐는 풍광이 선명하게 다가온다. 댕기머리 한 처녀들과 머리에 수건을 한 아낙네들이 바구니 옆에 끼고 온 밭을 누비던 모습이 눈물겹도록 정답다." 잠시 눈을 감았다 뜨니 추억은 금세 사라지고 봄이 오는 들녘이 나타난다.

복사꽃이 피려고 꽃망울이 맺혔다. 복사꽃이 피면 온 대지가 얼마나 황홀할까. 복사꽃 핀 과수원 길에서 사랑을 언약할 사람이 없어도, 복사꽃 아래서 도원결의할 친구가 없어도 지난 시절은 생각만 해도 가슴이 벅차오르고 신이 난다. 봄은 정말 멋진 계절이다.

우리 조상들은 여유로운 마음으로 느리고 천천히 자연을 산책하였다. 초록과 꽃을 보고 새소리와 물소리를 들으며 대지의 따사로운 기운을 맡으며, 오감으로 시작하여 온몸으로 자연에 취하고 동화되는 삶을 살았다. 오늘날 우리는 상상으로 자연을 맞으니, 어느새 봄이 오고 지나가는지 맛볼 시간도 없이 그렇게 산다. 어, 벌써 봄이 지나갔나 하며 아쉬워한다.

　이제 사월이 오면, 진달래가 온 산을 덮고 개나리는 개울가 들길 따라 흐드러지게 피어날 것이다. 봄은 희망과 생명의 계절이다. 하늘은 더욱 맑고 푸르며 들녘은 화사하게 돋아나는 새싹과 움트는 나뭇잎을 맞이할 것이다. 봄은 소리 없이 대지를 온통 연녹색으로 치장하고 꽃들을 만발케 할 것이다. 찬란한 대지 위에 봄의 교향악이 울려 퍼질 것이다.

　봄이 오는 소리에 귀 기울여 보자. 봄이 오는 풍광에 눈 한번 맞추어 보자. 봄이 오는 기운에 심신을 맡겨보자. 봄은 어디에서 어떻게 오는지, 얼마나 따사로우며 아름다운 세상을 만드는지. 저기 봄 처녀가 반기고 있다.

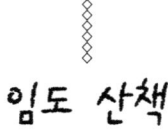

임도 산책

우르르 쾅 천둥번개가 치고 먹구름이 몰려온다. 숨 돌릴 틈도 없이 소낙비가 쏟아진다. 임도의 숲은 화들짝 놀라고 있다. 새들은 아랑곳하지 않고 노래한다. 떨어지는 빗방울과 입맞춤하는 나뭇잎은 한없는 행복감에 젖는다. 비와 나뭇잎이 내는 다양한 파찰음, 지치지도 않는 새들의 지저귐, 이따금 울리는 천둥소리는 한 편의 오케스트라다.

길은 사람이나 동물이 지나가는 통로다. 문명이 발달함에 따라 사람과 문화를 이어주는 길이 생기고 인간은 필요에 따라 급격히 길을 만들어 간다. 땅에는 찻길, 하늘에는 비행길, 바다에는 뱃길이 있다. 또한 추상적이긴 하나 삼라만상은 가야 할 그 본연의 길이 있고, 우리는 인생길을 가고 있다.

하고많은 길 가운데 하필 임도가 아름다움으로 다가올까? 길은 만들면 편익이 있으며 우리 몸의 핏줄과 같아 없어서는 안 된다. 여타의 길은 인간의 편익을 위해서지만 거기에는 자연의 파괴가 뒤따른다. 하지만 임도는 임산물 수송이나 삼림관리를 위해 조성한 도로로 인간보다는 삼림 자체를 위한 것이며 환경 훼손이 덜하다.

무엇보다 임도는 산을 건강하게 관리하는 데 필요하고, 부수적으로 임도를 이용하는 사람들에게 자연의 신선함을 보여준다.

산마다 임도가 있는 것도 아니며 임도를 다 개설할 수도 없다. 임도는 높거나 경사가 급한 바위산에는 개설하기가 어려우며 야산에는 개설할 필요가 없다. 임도는 해발 600m 정도의 산이 적당하고 필요한 것 같으며, 산의 7부 능선을 따라 구절양장처럼 이어지는 것이 대부분이다.

산은 보호 측면에서 그 상태로 내버려두는 것이 가장 좋을 듯싶은데 그대로 두면 접근성이 없어서 삼림관리에 어려움이 많다. 우리나라 대부분의 산은 잡목이 많아 이용할 수 있는 삼림이 적은 편이다. 다양한 수종을 확보하고 토양과 기후에 맞는 수종으로 개량하자면 임도개설이 필요하다. 또한 임도는 그 본래의 기능 이상으로 산불진화에 필요한 도로다.

산을 생각할 때 산의 모습이나 숲을 떠올리지만 사람들은 산의 장엄함, 정상에서 바라보는 풍광, 계곡의 수려함 등으로 그 산을 평가한다. 등산을 할 때도 계곡이나 능선으로 오르기에 산의 일부만을 접한다고 볼 수 있다. 그러나 임도를 따라가면 미처 생각하지 못했던 산의 형상을 볼 수 있고, 접근하기 어려운 산허리나 움푹 들어간 굴곡도 마주할 수 있다.

임도가 있는 산은 빼어난 절경을 자랑하지 않는다 해도 임산물이 풍부하고 숲이 깊어 삼림욕을 하기에 좋다. 임도는 경사가 가파르지 않아 누구나 산책하는 마음으로 임도를 따라 산을 오를 수

있다. 임도는 처음 가는 사람에게도 크게 낯설지 않다. 차가 지나
간 자리는 반질하고 움푹한 곳도 있으며 중심부에는 풀이 자라는
옛날 시골의 신작로 같다. 임도에서는 길을 잃거나 야생동물의 위
험이 상대적으로 적은 편이다. 가끔 내려오는 고라니, 노루와 마주
치면 그들은 쉽게 달아난다.

　인터넷에 우리 산하의 위성사진을 보면 임도가 무지 많다. 우리
가 접하는 임도는 몇 곳밖에 없는 것 같은데 이름 있는 산에는 임
도가 하나 둘은 개설되어 있다. 내가 자주 가고 잘 아는 임도는 안
성과 진천에 걸쳐 있는 금북정맥의 덕성산·옥정재·무제봉 주위의
임도와 홍천 하오안리 주변의 임도가 유일하다.

　진천 무제봉의 임도는 경사가 급한 곳이 많아 위압감을 줄 정도
로 장엄하다. 여름철이 한번 지나가면 장마에 절개지가 내려앉는
곳도 있고 해마다 공사한 흔적이 보인다. 일부 임도는 콘크리트 포
장이 되어 있고, 길이 양호한 편이어서 산악자전거 동호인들이 즐
겨 찾는다. 이에 비해 홍천 하오안리 임도는 산세가 밋밋하고 굴곡
이 심한 능선을 따라 나 있어 아기자기하다. 무제봉의 임도는 여름
철, 주로 한낮에 갔었기에 좋다는 느낌이 강하지만 크게 많은 것을
생각해 보지는 않았다. 하오안리 임도는 주로 새벽에 갔었기에 갈
때마다 새로운 것을 느끼며 여러 생각을 하게 되었다.

　여명이 밝아오는 어느 새벽, 나는 임도로 향하고 있었다. 갓 심은
곡식들이 잠에 취해 있는 들녘을 지나 임도에 들어서니 냉기가 확
다가온다. 산은 오월의 싱그러움으로 더욱 푸르게 단장하고 새들은

아침을 깨우고 있다. 이따금씩 후각을 자극하는 산나물과 더덕 냄새는 자연이 주는 최고의 향기다. 임도를 산책하던 고라니는 반갑지 않은 이방인과 마주치자 슬그머니 달아난다. 이제 막 떠오르는 태양은 숲 속의 안개를 걷어내고 영롱한 햇살은 적송에 부딪쳐 더욱 반짝인다.

산은 바라볼 때마다 한없는 그리움으로 다가온다. 멀리서 바라보면 마음의 고향과 어머니의 인자한 모습이며 가까이 다가가면 여인네의 자태를 연상케 한다. 곱게 단장한 여인을 보면 순백의 속살을 보고픈 충동이 일듯 산에서도 숲이 연출하는 신비의 속살을 한 번쯤은 헤쳐보고 싶을 때가 있다. 임도를 따라 난 절개지가 산의 속살 정도가 아닐까. 여인네의 속살은 짧게 노출되는 순간에는 아름다움이 있지만 전라가 길게 이어지면 신비가 사라진다. 임도의 절개지도 처음 볼 때는 지질이나 토양에 따라 어떤 나무들이 서식하는지를 잘 관찰할 수가 있어 신비함이 있지만 보고난 후에는 참 흉하다. 그렇지만 서서히 회복되는 산의 모습을 보면 자연의 치유 능력에 감탄하지 않을 수 없다.

임도에서 느끼는 산은 계절에 따라 다양하다. 겨우내 얼었던 나뭇가지에도 남촌서 불어오는 훈풍에 긴장을 풀고 얼었던 땅에도 생명이 숨 쉰다. 어느새 산은 여기저기 피어나는 봄꽃과 함께 초록으로 변하고 있다. 햇빛이 뜨거워질수록 산은 녹음에 덮여 젊음을 만끽한다. 서늘한 바람이 불어오면 산은 여름날의 아쉬움을 뒤로하고 오색으로 단장한다. 낙엽이 떨어지고 눈이 내리면 산은 고독을 즐기고 무상무념, 무아의 경지에 이른다.

임도는 끊임없이 산의 아름다움을 보여주지만 무엇보다 비 내리는 날, 달 밝은 밤, 눈 오는 날의 임도는 또 다른 모습을 접할 수 있다.

비 내리는 날, 임도를 따라가면 빗방울을 맞이하는 나뭇잎의 함성은 마치 어린이들이 운동장에서 마음껏 뛰어노는 동심의 세계를 보는 것 같다. 빗소리와 하나 되어 숲 속을 들여다보고 하늘을 올려보면 떨어지는 빗방울 하나에도 생명이 있는 듯 신비를 연출한다. 임도를 경계로 위쪽과 아래쪽 숲은 빗방울을 숨기느라 야단법석을 떤다. 큰 소나무와 작은 풀잎, 잎사귀가 넓은 활엽수와 뾰족한 침엽수, 나무가 빽빽이 들어선 곳과 드물게 있는 곳에 떨어지는 비는 소리의 장단과 울림이 다르다.

달 밝은 밤, 임도는 운치를 더한다. 은은하고 미려한 달빛이 어머니가 아이를 감싸듯 잠든 숲을 어루만진다. 무엇보다 숲은 나무들이 나누는 소리 없는 아름다움이다. 달빛에 드러나고 그림자에 가려진 나무들은 자태를 뽐내는 것 같기도 하고, 초등학교 조회 때 교장선생님의 훈시에는 관심도 없이 옆 친구와 속삭이는 어린이들 같기도 하며, 지금은 기억이 희미해진 시골장터의 가설극장에서 유행이 지난 영화를 보면서 동시에 웃다가 긴장의 순간을 놓치지 않는 소박한 사람들 같기도 하다.

눈 오는 날, 임도는 마음을 비우게 한다. 흰 눈이 온 산을 덮는다. 찬바람이 몰아치던 앙상한 나뭇가지도 소리 없이 눈에 묻힌다.

시름과 설움이 많은 세상을 잊게 한다. 눈길에 난 발자국이 하염없이 내리는 눈에 서서히 덮이듯이 지나온 사랑도 추억도 하얀 눈으로 지워진다. 하늘, 나무, 보이는 것은 모두 눈 세상이다

　임도, 그대는 알고 있겠지? 영롱한 햇살의 따사로움과 한낮의 열기와 붉게 물든 노을 그리고 깊은 밤의 고독이 무엇을 의미하는지. 철 따라 변하는 사계절의 아름다움을 언제나 보았겠지. 어슬렁거리는 산짐승, 하늘을 나는 새들, 이름 모를 풀과 야생화들, 오가는 사람들의 마음까지도 너는 보고 있었겠지!

설악산 비룡폭포

꽃피는 봄 사월의 아쉬움을 뒤로하고 연녹색이 푸르러오는 오월 초순이다. 날씨는 왜 이리 화창한지 정말 기분이 좋다. 나는 지금 설악산 매표소를 지나 권금성과 울산바위를 힐끗 쳐다보고 비룡폭포로 가고 있다.

어제 저녁 노학동 연수원에서 요란한 개구리 울음소리를 들으며, 우거진 나무들 사이로 빛나는 가로등 불빛을 바라보며 회한에 잠겨 있었다. 그리고 내일 일정은 어디로 갈까 행복한 고민도 했다.

낙산사의 일출, 영금정의 파도소리, 고깃배가 넘실거리는 거진항, 해변을 따라 나타나는 송지호·화진포 해수욕장, 토종벌의 왕국 연화동 계곡, 수목의 요람 어성전, 동양화의 진수 한계령, 안개로 둘러싸인 필레약수 등 다시 가보고 싶은 곳이 너무나 많다. 많은 생각을 하다가 내일은 반드시 비룡폭포를 보리라고 다짐했다.

인생이 그렇듯이 아무리 좋은 곳이라도 동시에 갈 수 없고, 또한 가고 싶지 않은 길이라도 선택해야만 될 때가 있다. 사람들은 다음에 가겠다고 꼭 하겠다는 다짐을 한다. 그러한 마음속의 약속은 지켜지기가 무척 어렵다. 먼 훗날에 하거나 가는 것은 분명 아름답기는 하지만 청춘의 사랑이 어디론가 사라진 감이 남을 수도 있다.

지금 가는 비룡폭포도 내게는 그런 감정과 느낌이 묻어난다. 36년 만에 다시 찾아가는 비룡폭포, 중학교 시절 수학여행이 다가오고 있다. 한편으로는 설레고 그때의 추억과 지금의 심정이 어떤 만남이 될까! 오늘은 천천히 아주 느리게 걷고 있다.

이름 없는 계곡물을 보니, 작년 12월 국방의 의무를 마친 장한 아들이 3살 때 함께 와서 물놀이하며 놀던 때가 밀려온다. 이 세상에 어떤 순진무구도 비길 수 없던 미소와 모습이 떠오른다. 우리가 속초에 살 때 녹음이 우거진 한여름에 자주 오던 곳인데 변한 게 없구나. 어느새 유아기의 아들은 청년이 되었고, 그 아버지는 지천명의 나이가 되어 홀로 설악산과 재회하는데 산천은 고고하고 유유하며 계곡에 흐르는 물은 한결같다.

또다시 이곳을 밟을 수 있을까 생각하니 주변에 있는 푯말까지도 세심히 관찰하며 지나간다. 설악산에 서식하는 나무, 야생화, 동물들의 설명서를 다 읽어보며 가고 있다.

오전 9시가 지나니 한 무리의 여중생들이 오고 있다 걷기가 싫어서인지 왜 이런 데를 가는지 모르겠다며 투덜거리는 학생들도 있다. 잠시 학생들과 섞였다가 나의 꿈이 깨질까 봐 서둘러 그들을 앞섰다.

그 옛날 비룡폭포로 가는 길은 철 계단으로 힘들었는데 이리도 완만할까 하는 순간 기다렸다는 듯이 철 계단이 나타난다. 철 계단이 좀 낡아서 새로 설치했는지 그때 것인지는 잘 모르겠다. 계단을 따라 폭포로 오르는 계곡은 작은 폭포로 연이어져 있다. 그때는 시간에 쫓겨 빨리 가느라고 그런 느낌을 받지 못했다.

한참 오르다 하늘을 보니 저 멀리 토왕성폭포가 내려다본다. 토왕성폭포는 우주의 마음인양 삼라만상을 내려다보며 내 심신을 위로해 준다. 오월인데도 폭포수가 떨어지는 옆에 하얀 얼음이 아직도 남아 있다. 그래서 설악산일까 참 신기하다.

드디어 비룡폭포에 도착했다. 폭포는 옛날 그대로 전혀 변한 게 없다. 선생님, 학우들과 사진 찍던 자리만 비어 있다. 그들은 어디서 무엇이 되어 있을까. 그리움이 맴돌며 잠시 상념에 잠긴다. 36년의 시간은 서서히 좁혀져 엊그저께같이 느껴진다. 울산바위와 비룡폭포의 전설을 전해주던 산사나이도 떠오른다. 비룡폭포에서 마지막 인사를 하고 토왕성폭포로 사라진 그 사나이는 무엇을 하고 있을까. 만감이 교차한다.

학생들 소리에 눈을 뜨니 비룡폭포를 배경으로 기념사진을 찍느라 야단들이다. 저들도 나처럼 36년이 지나면 여기에 올까? 조만간에 다시 오는 사람도 있을 테고 영원히 마지막이 되는 사람도 있겠지. 저들과 나의 관계는 무엇일까? 그저 스치는 인연이겠지만 또다시 만날 수도 있고 스치더라도 오늘처럼 모르는 경우가 되겠지. 나의 36년이 한순간에 불과하듯 저들도 36년이 지나면 나와 같은 생각을 할 것이다.

비룡폭포로 오던 길에 참나무의 종류에 관한 푯말을 보았다. 참나무는 상수리나무·굴참나무·신갈나무·떡갈나무·갈참나무·졸

참나무 등 여섯 종류가 있다고 한다. 많은 나무가 있지만 사람들은 처음에 소나무만 인정하고 나머지는 잡목으로 취급했다. 그 후 유일하게 참나무에 대해서만 '참'이라는 뜻으로 이름을 붙였다고 한다.

소나무는 햇빛을 좋아하며 처음에는 산 아래쪽에 서식하였는데, 잎이 넓은 나무들이 소나무를 가려서 햇빛을 받기 위해 점점 산 위쪽으로 올라가 자라게 되었다고 한다. 이런 것을 '천이'라고 한다. 천이는 일정한 지역의 식물 군락이나 군락을 구성하고 있는 종들이 시간의 추이에 따라 변천해 가는 현상이다.

숲에 천이가 있듯이 우리네 인생에도 천이가 있다. 우리는 그것을 세대교체라고 해야 될 것 같다. 삼라만상은 한시라도 멈추지 않듯이 인생도 그러하다. 앞 세대와 뒤 세대는 명확하게 구분되지 않아도 세월의 흐름에 따라 몰라보게 상상할 수 없이 변하고 있다. 서로를 이해하며 단절되지 않게 이끌어주고 밀어주는 관계로 함께 가는 것이 인생 천이의 아름다운 길이다.

이제 학생들이 물밀듯이 구름같이 몰려들어 비룡폭포에는 발 디딜 틈이 없다. 학생들의 성가시지 않는 시끄러움에 나는 다시 평범한 일상으로 돌아왔다. 내려오는 길에 나를 자기네 학교 선생님으로 알았는지 인사하는 학생들도 있다. 기분이 자연에서 받는 느낌 못지않게 업그레이드된다.

발길은 어느새 비선대로 향하고 있다. 나 자신을 객관적으로 보기 위해 내 영혼을 몇 미터 높은 곳에 몇 미터 앞에 두고 걸어간다. 그렇게 나의 모습을 보니 참 보잘것없는 범부에 불과하고, 열심히 살았다고 생각했는데 별로 한 일이 없는 인생이다.

나뭇잎 사이로 언뜻 보이는 구름은 어디론가 떠나간다. 계곡에 흐르는 물소리는 가슴으로 스며든다. 한줄기 시원한 바람은 나무들을 휘감으며 바삐 지나간다. 비룡폭포에서 떨어지는 물줄기는 끝없이 흘러만 가는데…….

빗소리 들으며

　비가 내린다. 빗소리만 들어도 빗줄기가 어느 정도인지 짐작이 간다. 빗소리를 듣고 있으면 왠지 마음이 평온해진다. 빗소리만 한 아름다운 영혼의 울림도 흔하지 않다. 언제 들어도 비는 가슴을 흠뻑 적셔준다. 조용히 듣고 있으면 그 소리에 몰입된다. 똑같은 소리 같지만 빗소리는 아주 미세하게 다르다. 어떤 교향악보다도 가슴이 탁 트이고 평온하며 웅장하고 시원하다. 정말 언어로는 표현할 수 없는 울림이다.

　세게 거칠게 내렸다가 다시 가늘어지는 빗소리는 누구의 연주일까? 하늘의 울림일까, 우주의 향연일까. 저 소리를 들으며 얼마나 많은 생명체가 즐거워할까. 그 소리에 집중하면 할수록 비는 무언가를 말하는 것 같다. 어느새 비는 그치고 있다. 언제 세차게 내렸느냐는 듯이 아주 조용히 내린다. 가늘게 들리는 빗소리는 또 하나의 작은 생명을 잉태한다.

　비는 스스로 소리를 내지 않는다. 빗소리는 빗방울이 사물에 부딪치면서 나는 소리다. 비와 물체가 마주치는 마찰음이 빗소리다. 비는 어떤 물체와 마주칠 때 아름다운 소리를 낼까? 나뭇잎, 함석

지붕, 유리창, 호수, 들판의 곡식, 연인들이 쓰고 가는 우산 등 다양하며 우열을 가릴 수 없이 모두 다 아름답다.

빗소리를 듣고 있으면 떠오르는 것이 있다. 먼저 영화의 한 장면이 그려진다. 서로의 손을 감싸고 우산 속의 연인들이 다정히 걸어간다. 빗방울을 바라보며 추억에 젖어있는 사람도 보인다. 봄비처럼 떠나간 사람을 그리워하며 홀로 빗속을 걷는 한 여인도 나타난다. 그리고 빼놓을 수 없는 장면이 들에서 비를 맞으며 논에 물을 대는 농부들의 모습이다.

청춘이 아름답던 시절에 수줍음을 간직한 여인이 버스를 기다리고 있었다. 옆에는 책으로 머리를 가리고 비를 맞으며 버스를 기다리는 준수한 청년이 있었다. 그들은 자주 스치는 만남이었으나 인사를 나누는 사이는 아니었다. 여인은 '우산을 같이 쓰자고 할까? 주변 이목이 집중되지는 않을까? 내가 관심 있는 걸로 오해하지는 않을까?' 이런저런 생각을 하면서 비를 맞고 있는 그 청년을 보면서 이러지도 저러지도 못하고 그냥 고민만 하고 있었다. 그러다가 버스가 와서 함께 탔는데 비에 젖은 그 청년이 측은하여 미안한 마음에 비가 너무 얄미웠다고 얘기하던 그 여인이 떠오른다.

빗소리에는 사랑도 추억도 아픔도 서러움도 다 녹아 있다. 마음속에 깊숙이 있었던 추억들이 고개를 쳐든다. 지나온 시간들이 주마등같이 지나가며 영혼을 씻어준다. 고왔던 추억도 있지만 그렇지 못한 기억도 있다.

초등학교 시절이었다. 그때는 일기예보도 잘 알 수 없었고 우산도 흔하지 않아서 당장 비가 오지 않으면 아무런 준비 없이 학교엘 간다. 공교롭게도 오후가 되니 비가 내리기 시작한다. 학교가 끝나고 집으로 가려는데 비는 더욱 세차게 내린다. 기다려도 비는 쉽게 그칠 것 같지 않고 우산을 갖고 오는 이도 없으니 하는 수 없이 책만 젖지 않게 단속하고 빗속을 걸어간다. 지나가는 사람들도 이상하게 보거나 관심이 없다. 비를 맞으며 가는 내 모습이 약간 불편해도 처량하지는 않다. 비와 하나 되어 빗방울을 바라보며 걸어가는 것도 괜찮다.

개울을 건너고 들판을 지나 산을 넘고 집으로 가는 오솔길은 지금 생각하면 한 편의 아름다운 영화다. 주인공도 감독도 촬영도 그리고 관객도 모두가 나 자신이다. 그때 나는 대자연과 하나가 되었다. 빗소리와 더불어 물아일체가 되었다. 비는 나 자신이었다.

어느 비 오는 날, 처마 밑에 떨어지는 낙숫물 소리를 듣는다. 아무런 상념도 없이 무심코 들으면 그것은 다른 사람이나 나와 무관한 일이 아닌 자신이라고 한 선사가 떠오른다. 빗속을 걸어가던 나와 빗소리를 들으며 시를 읊은 선사는 모르는 사람이지만 머나먼 시공간을 뛰어넘은 우주의 마음이다.

계절에 따라 비는 다양한 느낌을 준다. 봄비는 축복과 희망을 준다. 목마른 대지를 흠뻑 적셔주니 얼마나 고마운 비인가. 서글픔과 쓸쓸함이 생길 여지가 없다. 여름에 내리는 비는 세차다. 소낙비는 순식간에 대지를 적신다. 장마가 오래 지속되면 산사태가 나고 도로가 두절되고 농경지가 침수된다. 폭우는 더욱 비의 위력을 발휘

한다. 계곡에서 야영을 하다가 고립된 사람들은 물의 무서움을 실감하면서도 비를 두려워하지 않는다. 가을비는 삶을 고독하게 한다. 떨어지는 낙엽도 비를 맞으면 쓸쓸함을 더한다. 비가 내리면 지나온 긴 여름이 아쉽기도 하고 옛사랑이 그립기도 하다. 비에 젖은 동식물은 처량하고 비 맞은 농작물은 서글픔이 역력하다. 겨울에는 비가 좀처럼 내리지 않지만 비가 오면 인생을 관조한다. 비에 젖은 삼라만상은 처연하지만 지나온 삶을 돌아보게 한다. 겨울밤에는 빗소리를 살짝만 들어도 심연의 세계로 빠져든다.

비가 내리면 하고 싶은 것이 있다. 빗소리를 들으며 임도를 걷고 싶다. 나무들이 비를 맞으며 내는 소리를 듣고 싶다. 시시각각 변하는 계곡에 흐르는 물소리도 빗소리와 함께 들으면 멋진 울림이다. 산이나 들판에 내리는 빗소리는 세속의 시끄러움과는 다른 소리다. 특별나게 거슬리는 것도 없고 모두가 나눔의 소리다.

비는 풀, 나무, 약초 등 만상만물을 구별하지 않고 골고루 대지를 적신다. 때에 따라서는 많고 적음에 차이가 있을지라도 그 식물마다의 성실에 따라 모양이나 피는 꽃과 열매가 다르듯이 빗소리도 때와 장소, 듣는 사람의 의식에 따라 다르다. 이 다름의 미학이 평등하지만 차이가 있으니 오묘한 섭리의 표상이 아니겠는가.

다시 비가 온다. 빗소리를 듣고 있으면 마음이 심란해지기도 하고 정화되는 것도 같고 아무튼 비는 사람들의 마음을 울적하게 한다. 시원한 빗소리를 들으며 상념에 잠긴다. 빗방울 하나하나가 창문을 두드리는 소리에 우울할 때도 있지만 조용히 귀 기울여 본다.

빗소리에 스며든 사람들의 삶과 꿈을 생각해 본다. 세상은 비에 촉촉이 적셔지고 내 눈가에도 이슬이 맺힌다. 그렇지만 입가엔 엷은 미소가 매달려 있다. 빗소리가 서서히 희미해지고 아쉬운 이별이 다가오면 빗소리의 포근한 자장가를 들으며 조용히 눈을 감고 꿈속으로 간다.

야간 산행

낮과 밤의 길이가 같다는 춘분인데도 기후는 완전히 겨울을 벗어나지 못한 것 같다. 차가운 밤공기가 새벽을 가르고 아침 6시경이면 먼동이 터온다. 아직도 나뭇가지에는 옅은 서리가 내려 엄동의 기운을 과시하고 있다. 마치 자연의 섭리를 받아들이기가 억울하고 아쉬움이 많은 사람들처럼 보인다.

어제가 춘분이고 오전만 해도 쌀쌀하던 날씨가 오후가 되니 한결 포근해졌다. 오늘 밤은 내게 아주 뜻깊은 날이다. 간밤에 좋은 꿈을 꾸어서인지 기대하지 않았던 행운이 찾아왔다. 그것은 다름 아닌 야간 산행이다. 우연찮게 동료직원이 오늘 야간 산행을 하려고 하는데 같이 가지 않겠느냐고 하기에 망설임 없이 가겠다고 했다.

목적지는 충주시 노은면에 있는 보련산이다. 보련산은 해발 764m로 그리 높은 산은 아니다. 하지만 여느 산과 마찬가지로 능선이 가파르고 험난한 구간도 있다. 우리 사업단이 노은면에 있어서 산의 모습은 자주 보아왔다. 언젠가 한번 등산하리라는 생각은 했지만 1년이 지나도록 그저 보고만 다녔다. 드디어 오늘 저녁 야간 산행을 하게 되었다. 한편으로는 설렘도 있지만 무리 없이 완주할 수 있을까 걱정이 된다.

수룡휴양림 입구에서 저녁 6시 40분경에 일행과 합류하여 산을 오르기 시작했다. 산은 외곽이나 아래에서 볼 때는 평범하고 거의 비슷한 모습이지만 산속으로 들어가면 갈수록 확연히 다르다. 보련산도 울창한 수림을 자랑하고 심원한 느낌을 준다. 오를수록 충주 시내를 비롯한 주변 산과 들, 도농의 집들이 뚜렷이 보이며 서서히 어둠이 내리고 있다.

해는 지고 저녁 7시가 넘었는데 산길은 랜턴 없이도 갈 수 있다. 낮이 많이 길어졌나 보다. 계절의 변화는 누구도 저항하거나 참견할 수 없으며 강물이 흐르듯 흘러만 간다. 드디어 휴양림 전망대 능선에 올랐다. 저 멀리 충주 시가지와 가까이 수룡리 들판이 어둠을 맞이하고 있다. 능선을 따라 우람한 소나무가 빼곡히 자리하고 있다. 나무 사이로 어둠이 스며드니 낮과 밤의 변화와 조화를 한순간에 느껴본다.

이제 가시거리도 줄어들어 랜턴을 켜야 할 시각이 되었다. 한순간에 고요하고 어두운 밤의 산길을 맞이한다. 한동안 말없이 산을 오른다. 어둠 속을 걸어가는 것도 멋이 있다. 별들이 하나 둘 나타나니 더욱 낭만적이다. 첫 번째 가파른 능선인 무쇠봉을 오르는데 숨이 차고 힘이 든다. 무쇠봉에서 잠시 쉬며 밤하늘을 보니, 별들이 무척이나 아름답고 신비로워 혼자서 대자연과 호흡하고 싶다.

한동안 하늘을 보며 멍하니 있었다. 정말 산정에서 맞는 밤하늘은 멋지다. 이 순간을 놓치기 싫어서 나는 여기에서 기다리고 있겠다며 일행들에게 정상까지 갔다 오라고 하니, 다들 난감한 표정을 짓는다. 왜 그러냐고 하니, 정상을 지나 반대편인 하남고개로 내려갈 거라고 한다. 그렇다면 당연히 가야지. 다시 걷기 시작했다.

산속의 밤은 묘한 기분이 든다. 잘 보이지는 않지만 그래도 나무들의 모습이 희미하게 다가온다. 하늘에는 별이 내리고 차갑던 바람도 열기에 섞여 시원하기만 한데 숲 속은 적막감마저 든다. 그런데 나무들이 대화를 나누는 것 같다. "지난겨울은 무척 추웠었지. 올봄은 어떨까? 물론 따뜻할 거야. 많은 사람들이 우리를 보러 오겠지. 새와 짐승들이 다른 곳으로 갔는지 줄어든 것 같아. 올해도 무럭무럭 자라 보련산을 잘 지키고 가꾸자." 이런 이야기가 들려오는 것 같다.

계곡으로 내려가다가 보련산 정상을 향해 다시 능선을 오르는데 종아리에 근육이 몇 번 꿈틀대더니 갑자기 쥐가 난다. 무척 통증이 심하다. 이런 경우는 처음이다. 나 때문에 일행들은 휴식을 하기로 했다. 보련산 정상에서 여장을 풀고 저녁 겸 요기를 해야 하는데 그렇게 하지 못한 것이 아쉽다. 하지만 어둠이 덮인 고요의 산속에서 별빛을 맞으며 식사하는 것도 참 낭만적이다. 막걸리를 한잔하고 컵라면을 먹으며 다방커피까지 마시니 이보다 더 좋을 수가 없다.

나는 동행자를 뒤로하고 먼저 보련산 정상으로 향했다. 아직도 나무들은 소나무를 제외하고는 앙상한 겨울이지만 곧 다가올 신록이 푸르른 계절을 떠올리니 가슴이 설렌다. 푸른 잎으로 몸을 치장한 나무들은 산골짝에 부는 바람과 더불어 온 산을 연회장으로 만

들지 않을까. 하늘을 쳐다보니 별이 내린다. 쏟아지는 별빛에 잃어 버린 기억을 맡기고, 젖어 버린 추억에 가슴앓이를 해 본다. 별처럼 고운 눈망울을 지닌 그 이름들을 되뇌어 본다. 그리운 동그라미는 별빛 따라 밤하늘로 퍼져만 간다.

어느새 보련산 정상에 도착했다. 주위를 둘러보니 새로운 또 다른 세상이 펼쳐진다. 이렇게 아름다운 어둠과 빛의 조화가 있을까. 하늘에서 쏟아지는 별빛, 사방에서 빛나는 야경은 보련산을 중심으로 물아일체가 된다. 잠시 눈감아 본다. 이 아름다움이 사라질까 봐 눈 뜨기가 두렵다.

세상은 소유와 관계없이 즐기는 자의 것이다. 자연이 주는 즐거움은 누구의 방해나 누구를 침해하지 않는 축복이다. 하늘은 스스로 돕는 자를 돕는다고 했듯이 야간 산행도 스스로 즐기는 자의 몫이다. 야간 산행에는 숨겨진 매력이 있다. 유난히 반짝이는 밤하늘의 별을 볼 수 있고, 일상에서 느끼지 못했던 숲 속의 향기를 넘치도록 맡을 수 있으며, 어둠이 가져다주는 적막감 속에서 자연과 하나 될 수 있다. 그리고 산정에서 맞는 한 줄기 시원한 바람과 저 멀리 산골짝에서 흘러나오는 불빛도 세상사에 쌓였던 시름을 녹게 해 준다.

나는 야간 산행을 처음 시작하여 그 묘미를 만끽했다. 야간 산행의 매력이란 낮과 비교하여 보이는 시야는 좁지만 느끼는 시야는 훨씬 넓고 깊다. 야간 산행은 지난 시간들을 돌아보게 하고 많은 생각을 하게 한다. 더 나아가 밤하늘의 빛나는 별들과 함께 광활한 우주를 생각하게 한다.

향적봉을 내려오며

무주 하면 가장 먼저 다가오는 것이 덕유산이며, 그 깊은 계곡을 따라 흐르는 천년의 비경을 간직한 구천동계곡이 아닐까 싶다. 덕유산 정상 향적봉은 해발 1,614m이다. 해발이 1,600m만 되어도 우리나라에서는 매우 높은 산이며 그 이상 되는 산도 그리 흔하지는 않다.

일반적으로 산을 생각할 때 하산보다는 등산을 떠올린다. 2011년 여름휴가 때 덕유산 향적봉을 오르긴 올랐는데 정상적인 등산을 하지 않아서 말하기가 좀 쑥스럽다. 그 코스가 구천동에서 가는 것이 아니라 무주리조트에서 해발 1,520m의 설천봉까지는 관광곤돌라를 타고 고작 600m만 걸어서 향적봉에 올랐기 때문이다.

오전 9시에 곤돌라 탑승장에 가니 곤돌라 점검관계로 10시에 출발한다는 안내다. 중부지방에는 요 며칠 내린 많은 비로 산사태가 나고 엄청난 수해를 입고 오늘도 폭우가 내린다는데, 무주는 날씨가 맑고 덕유산 하늘에는 햇볕이 빛난다. 정상에 오르면 적성산·마이산·가야산·지리산·무등산을 한눈에 볼 수 있다는 기대감에 가

숨이 설렌다.

곤돌라를 타고 오르니 주변 시야가 한눈에 들어온다. 세상은 참 편하다. 곤돌라는 가벼운 걸음으로 향적봉을 갈 수 있도록 운행하는 것 같다. 설천봉으로 다가가니 운무로 뒤덮여 한 치 앞을 볼 수 없다. 날씨 한번 변덕스럽다.

나는 곤돌라를 타면서 이런 생각을 해 본다. 환경 측견에서는 곤돌라가 자연을 보호하는 데 더 적합하지 않을까. 등산을 하면서 나무를 훼손하거나 휴지를 버리는 등 자연을 오염시키는 일은 덜 할 테니까. 세상의 이치나 순리로 보자면 곤돌라를 타고 향적봉을 오르는 것은 반칙이다. 누가 향적봉을 오르든 상관하지 않으니 크게 따질 일은 없지만 우리네 삶이 향적봉을 향해 가는 길이라면 상황은 달라진다. 향적봉까지 먼저 오르기를 경주한다면 더욱 문제가 발생한다. 구천동 매표소에서 향적봉까지는 약 8km로 4시간 정도 소요된다. 무주리조트에서 향적봉까지 곤돌라를 이용하면 넉넉 잡아 1시간이면 도달할 수 있다. 문명은 편리함도 있지만 불공평함도 있다. 벌써 곤돌라가 설천봉에 도착하여 내려야 한다.

잠시 등산안내도를 살펴보고 향적봉으로 향했다. 주위는 운무가 몰려와 나뭇가지에는 하얀 물방울이 맺혔고 내려오는 사람들도 운무를 맞고 있다. 이제 운무는 온통 세상을 덮고 있다. 그래도 풀잎은 초롱초롱 운무를 먹으며 맑게 미소 짓는다.

정상으로 갈수록 나무들은 키 작은 관목이다. 저 나무들이 고산이 아닌 지대에 서식했더라면 지금보다 키기 훨씬 클 텐데. 추운 겨울 휘몰아치는 거센 바람을 이겨내고 매서운 엄동에 시달리면서 생존하기 위해 관목으로 자랄 수밖에 없었던 나무들을 생각하면 마음 한구석이 아련하다. 환경을 탓하지 않는 나무들은 자연에 순응하며 계절마다 찾아오는 산객들에게 아름다움과 꿈을 준다. 누가 나무보다 더 나은 삶을 산다고 할 수 있을까.

드디어 정상에 도착하니 해발 1,614m 표석이 향적봉을 지키고 있다. 맑은 날이면 볼 수 있는 저 멀리 펼쳐지는 산의 파노라마를 볼 수 없어 무척 아쉽다. 한참을 생각해 보았으나 향적봉은 날씨가 개일 것 같지 않다. 보이는 풍광의 기대를 접고 보이지 않는 상상의 모습을 그리며 이제 하산해야 할 것 같다. 곱게 핀 나리꽃과 작별하며 백년사, 구천동계곡으로 이어지는 여정으로 발길을 돌렸다.

몇백 미터를 내려오니 등산로에서 좀 떨어진 곳에 거대한 서너 그루 주목이 편안한 휴식처를 제공한다. 잠시 쉬며 우유와 빵으로 요기하니 세상만사가 다 내 것인 양 다가온다. 이 순간이 영원했으면 하는 부질없는 욕심도 인다. 비가 올 것 같아 다시 발길을 재촉했다.

심적으로는 등산보다는 하산이 편하고 좋을 것 같은데 그렇지만은 않다. 처음부터 하산하는 것과 진배없으니 등산할 때와 비교가 된다. 또한 등산을 하고 하산하는 기분과도 상당한 차이가 있다. 산을 오를 때는 힘들어도 풍광에 눈 맞추며 올랐는데 내려올 때는 무릎관절에 신경이 집중되어 주위를 보며 산의 아름다움을 느낄 겨를이 덜하다.

마침 땀을 뻘뻘 흘리며 올라오는 등산객이 먼저 인사를 한다. 하산보다 등산하는 것이 낫다고 하니 공감을 표한다. 그 산객은 가족과 함께 휴가를 왔는데 아내와 아이들은 무주리조트에서 곤돌라를 타고 향적봉으로 가기로 했고, 자신은 구천동에서 출발하여 향적봉에서 만나기로 했다고 한다. 모르긴 해도 참 멋있는 젊은이다. 가족도 사랑하고 직장에서도 활기차게 일하는 전형적인 샐러리맨이라는 생각이 든다.

등산을 할 때면 많은 사람들을 만나는데 먼저 인사하는 사람, 인사를 하면 잘 받아주는 사람, 인사를 하여도 무표정하게 가는 사람도 있다. 그런데 무표정한 사람들은 어떤 사람일까. 힘이 들어서 그럴까, 아니면 귀찮고 등산에 방해가 되어서 그랬을까 잘 모르겠다. 인사를 건네며 웃는 사람이 더 행복해 보이며 사람들에게 좋은 기운을 주는데…….

백년사 가까이로 다가가니 계곡에 흐르는 물소리가 크게 들려온다. 물도 나와 같이 하산을 한다. 그동안 나는 물이 흐르는 것에 대해 크게 관심을 두지 않았다. 물은 아래로 흐르니 편하지 않을까, 맑고 시원하게 흐르는 물만 생각했다. 물은 흐르면서 세상을 정화하고 열기를 만나 비상하며 순환한다.

백년사 경내를 지나니 갑자기 소낙비가 내린다. 일주문에서 비를 피하는 20여 명의 대학생들과 자리를 동석하게 되었다. 그들은 오늘 향적봉 대피소에서 야영을 한다고 한다. 젊음이 좋고 부러우나 그 시절로 돌아가고 싶은 마음은 없다. 다시 삶을 시작하더라도 변화야 있겠지만 또한 후회할 것이 뻔하지 않겠는가. 내가 하면 골프도 잘 치고 주식투자도 잘할 것 같지만 막상 해 보면 그렇지 않는 것이 세상이다.

이제 비가 그쳐 구천동계곡을 따라 내려간다. 구천동계곡은 덕유산 국립공원 북쪽 70리에 걸쳐 흐르는 계곡으로 입구인 라제통문을 비롯하여 은구암, 학소대, 구천폭포 등 구천동 33경의 명소들이 계곡을 따라 즐비해 있다. 무더운 여름날의 무성한 수풀과 맑은 물은 삼복더위를 잊게 해줄 만하다. 구천동 33경도 오르면서 보아야 제멋이 있을 것 같으며 피로에 지쳐 건성으로 보며 내려왔다.

나는 하산이 이렇게 힘들고 흥미가 반감될 줄은 몰랐다. 등산을 했다가 하산할 때와도 느낌이 사뭇 다르다. 인생이 물과 같이 내려만 간다면 무슨 의미가 있을까. 인생을 산에 비유한다면 등산을 하면서 흘린 땀과 노력이 진정한 삶이 아닐까. 주변 환경 덕에 곤돌라를 타고 산을 오르는 사람이 행복한 것만은 아닐 것이다. 인생길이 때론 힘들고 고단하고 어려움이 있더라도 스스로 힘으로 정상을 향해 가는 것이 아름답고 의미 있는 삶이다.

천리포수목원

천리포수목원은 충남 태안군 소원면 의항리에 있다. 수목원 홈페이지를 방문하면, "천리포수목원은 1921년 미국 펜실베이니아 주에서 출생하여 1979년 한국으로 귀화한 민병갈(Carl Ferris Miller)에 의해 설립된 국내 최초 민간 수목원입니다. 천리포수목원은 자생식물은 물론, 전 세계 60여 개국에서 들여온 도입종까지 약 13,200여 종류의 식물 종을 보유하고 있는 국내 최대 식물 종 고유 수목원으로 2000년 국제수목학회로부터 세계에서 12번째, 아시아에서는 최초로 '세계의 아름다운 수목원'으로 인증받기도 하였습니다."라고 수목원을 소개하고 있다.

나는 2012년 여름휴가를 우여곡절 끝에 충남 태안의 신두리 바다가로 갔다. 늦은 오후, 펜션에 여장을 풀고 아내와 함께 지난날을 떠올리게 하고 약간의 낭만이 있는 바닷가를 거닐었다. 저녁에는 바비큐그릴과 파라솔이 있는 식탁에서 숯불구이로 저녁식사를 하며 못다 한 이야기를 나누었다.

우리는 낮과 밤이 함께하는 길지 않는 시간에 — 모래톱에서 아빠와 노는 아이들, 썰물에 드러나는 바닷가, 해수욕장에서 추억 만

드는 연인들, 수평선 너머로 붉게 물든 노을, 어두운 밤하늘에 축
포를 터뜨리는 청소년들, 밤이 깊어감에 따라 철썩거리는 파도소리
— 많은 아름다움을 보고 듣고 느꼈다.

　바다에서 멋진 하루 밤을 보내고 열대야로 지친 아침을 맞았다.
오늘 일정은 당연히 안면도다. 몇 년 전에 안면도에 갔을 때 자연휴
양림 내에 있는 수목원이 정말 좋아서 잊지 못해서 그렇다. 그런데
펜션에 비치된 팸플릿을 보니 천리포수목원이 눈에 띄었다. 시간도
넉넉하여 잠시 수목원에 들르고 안면도로 갈 생각이었다. 만리포
해수욕장을 지나 해안도로를 따라 가다 보니 천리포수목원이 나온
다.

　수목원 주차장으로 들어와서 주위를 살펴봐도 수목원이란 느낌
이 안 들 정도다. 매표소, 안내소, 화장실 건물이 있긴 한데 수목원
을 보아야겠다는 끌림이 덜하다. 오전 9시 전이라 여직원 한 사람
이 청소하며 준비하고 있다. 입장료는 3,000~4,000원일 거라고 짐
작했는데 7,000원이다. 그만한 가치가 있을까 망설이다가 이번 기회
에 보자고 마음먹고 입장권을 구입했다.

　매표소 직원에게 수목원을 둘러보는 소요시간을 물으니, 수목원
은 규모가 전체 17만 평인데 2만 평만 개방한다는 말 외에 특별한
설명이 없다. 우리가 여관에 들어갈 때 조용한 방을 부탁하면 주인
은 조용한 방은 옆방에 어떤 손님이 오느냐에 따라 정해진다는 말
과 같이 보는 사람에 따라 차이가 난다는 것이겠지.

　9시가 가까워 오니 10여 명의 어르신을 비롯하여 입장객이 서서

히 나타난다. 예순을 바라보는 부부는 이것저것 물어보며 입장권을 구입해야 할까 망설인다. 그들도 나와 같이 이 수목원이 7,000원의 가치가 있을지를 생각하는 것 같다. 그들은 입장권을 체크하는 사람이 없어서 그런지 얼떨결에 여러 사람과 섞여 그냥 들어간다. 물론 돈이 없어서 그런 것은 아니겠지.

수생식물원의 연못을 따라 수국원에 이르자 아내와 나는 입이 딱 벌어졌다. 생각지도 못했던 광경이 펼쳐지니 그만 감탄하지 않을 수 없다. 진짜 여기 오길 잘했다고, 이렇게 멋진 수목원이 어디 있을까 정말 황홀하다. 아까 그냥 들어온 그들도 지금쯤은 엄청 미안해 할 것이라고 우리끼리 얘기했다. 나는 아내에게 오전 내내 여기서 시간을 보내야겠다고 말하며 민병갈기념관으로 갔다.

민병갈 선생의 삶과 일대기를 읽어보는데 천리포수목원의 사계절 동영상이 나오고 있다. 영상에 포착된 수목원 사계는 정말 멋있고 아름답다. 반복되는 영상을 두 번이나 보았다. 초가집을 형상화한 민병갈기념관은 천리포수목원 내 랜드마크 역할을 하고 있으며 밀러가든의 연못을 한눈에 볼 수 있다. 선생은 1962년 천리포 모래땅 6천 평으로 시작하여 40년 동안 18만 평에 이르는 민둥산과 황폐한 들에 나무를 심고 자신의 생애를 바쳐 피와 땀으로 수목원을 일구었다고 한다.

녹음이 우거진 성하의 계절에 기념관에서 연못을 바라보고 있노라니 삶에 대한 감회가 새롭다. 지난 세월을 돌아보면 아쉬운 기억들이 많지만 과거로 돌아가고픈 생각은 없다. 또한 누구의 삶을 닮고 쉽지도 않다. 어차피 삶은 이리 살아도 저리 살아도 한판의 인생이니까. 그런데 선생이 수목들과 함께한 삶과 인생철학을 느껴보니, 다시 과거로 돌아갈 수 있다면 이런 삶을 살고 싶다.

사람들은 가끔 남들과 자신을 비교하는데 이는 살아가는 데 악영향을 주는 것이다. 다른 사람의 좋은 장점을 자신과 비교하니 초라할 수밖에 없다. 다른 사람과 비교하면 스스로를 열등하거나 부족하다고 생각하기 때문이다. 비교로 인해 자신의 행복이 반감된다. 진정한 마음의 자유는 자신을 다른 사람과 비교하지 않는 데 있다. 이상하게도 민병갈 선생과 나 자신을 비교하면 할수록 행복이 반감되는 것이 아니라 그의 삶이 나의 삶처럼 여겨진다. 내가 가지 못한 길이었지만 상상만 해도 행복해진다.

기념관을 나와 커피 한 잔을 마시고 있는데 시골의 전형적인 풍경이 보인다. 산과 들 사이로 난 길을 따라 한 무리의 사람들이 오고 있다. 사람과 자연의 멋진 어울림이다. 햇빛이 강한 푸른 하늘을 응시하니 거대한 황금능수버들이 눈길을 사로잡는다. 시골에서 흔히 보던 나무인데 주변의 나무들과 조화를 이루니 더욱 멋지게 보인다. 자연에도 조화가 있듯이 사람들도 조화로운 삶을 살 때 진정 아름다움이 있다.

이제 본격적으로 나무 하나하나를 살피며 수목원을 걸어본다. 변화를 상징하는 삼색참죽나무 앞에 이르렀다. 이 나무는 새 잎이 붉은빛으로 나오지만 얼마 뒤에는 노란색으로 바뀌고 다시 초록색으로 바뀐다고 한다. 잎의 색이 선명한 자색이어서 멀리서 보면 마치 나무에 꽃이 핀 것으로 오해를 할 만큼 아름답단다.

하늘에는 햇살이 쏟아지고 탐방로에는 그늘이 드리워져 시원함을 느껴본다. 사방을 둘러보아도 아름다운 식물에 눈이 부시다. 물오른 수풀 속에서 서서히 자라나는 나무들을 보니, 생명에 대한 존경심과 자연에 대한 감동을 가슴 깊이 간직하지 않을 수 없다. 나무, 보이는 모습 너머로 너의 다른 세계를 상상해 보니 나 자신이 너무나 초라하다. 나는 나무를 닮고 싶다.

전망대 쪽으로 가니 서해바다가 한눈에 들어온다. 수목원에서 보는 바다는 더욱 푸르다. 해수욕장 옆 개펄에서 조개, 바지락을 캐는 사람들이 무지 많다. 천리포수목원은 바다를 끼고 있어 내륙보다 덜 덥고 덜 춥다. 그 풍광은 꽃과 잎의 풍경이며 햇살·비·바람·물의 풍경이기도 하다. 수많은 식물들이 인간과 어우러진 영혼의 풍경이다.

나는 오늘 천리포수목원의 진수를 보지 못했다. 여름날의 수목원도 좋지만 그보다 봄, 가을이 더 멋질 것이기 때문이다. 수목원과 바다 그 환상의 세계를 그려본다. 철 따라 천리포수목원의 멋진 모습을 보아야겠다. 다가오는 가을, 겨울 그리고 봄이 기다려진다.

오곡이 영그는 들녘에서

　가을이 왔다. 아침저녁에는 서늘한 바람이 분다. 들판에는 벼를 비롯하여 오곡이 익어간다. 사정없이 내리쬐던 불볕더위도 숨이 턱턱 막힐 것 같던 폭염도 이제는 지나간 여름날의 심술쟁이에 불과하다. 하지만 그러한 격정의 시간이 있었기에 풍요로운 가을이 있다.

　가을들녘은 인고의 걸작품이다. 그곳에는 농부들의 피와 땀이 서려 있고 정성이 듬뿍 담겨 있다. 곡식들도 폭우와 태풍이 몰아치던 시련을 딛고 자연이 주는 흙과 물과 빛과 바람을 쉼 없이 먹고 자라 황금들녘을 만들었다. 그래서 가을 들판은 자연과 농부들이 함께한 예술이다.

　나는 지금 봉황리 들녘에 서 있다. 고속도로 건설현장을 나갔다가 돌아오는 길에 잠시 머무르고 있다. 가을빛이 따사롭고 들판에 익어가는 곡식이 아름다워 그만 마음을 빼앗겼다. 정말 볕 좋은 가을날 오후다. 풍성한 들녘을 바라보니 대자연이 고맙기도 하고 숙연해지기도 하며 세상사 모든 이에게 감사하고 싶다.

　매번 들녘을 지날 때마다 한번은 들판 한가운데로 들어가 보고 싶었다. 그 시기가 언제가 좋을는지 망설이며 지나갔다. 작년에도 그러한 마음이 있었는데 그 시기를 놓치고 사계절이 그냥 흘렀다. 마음만 먹으면 언제나 들어갈 수 있는데도 그게 마음대로 안 된다. 농촌 들녘은 사계절이 다 좋지만 그래도 결실의 계절인 가을이 더욱 아름답다. 가을 중에서도 벼가 절정으로 익어가는 수확긴데 아직은 이른 감이 있다. 기회가 되면 다시 오기로 하고 오늘만큼은 가을 들녘과 하나가 되어 본다.

토지보상 업무의 특성상 사계절 내내 현장을 가곤 한다. 계절의 변화를 보면서 농촌 들녘을 오가는 것도 무지 좋다. 해마다 보고 겪는 전경이지만 매년 새롭다. 들녘을 지날 때마다 자연에서 받는 감정은 비슷하지만 미세하게 다르다. 태양이 빛날 때, 바람이 불 때, 비가 올 때, 구름이 끼었을 때 등 날씨의 변화에 따라 기분이 다르고 마음의 움직임도 차이가 난다.

지난 4월 어느 날, 나는 도심에서 죽 자란 숙녀와 봉황리 들판을 지나가게 되었다. 그녀는 세상 물정을, 그보다 농촌의 현실을 잘 모르는 신입 직원이다. 아직도 대지는 연녹색이 보이기는 해도 메마르고 황량한 감이 있다. 나의 파트너인 그녀는 이런 풍경에 익숙하지 않는 듯 무심히 들녘을 본다.

봄꽃이 활짝 피던 날, 새싹이 파릇이 돋아나고 들판에는 곡식이 자라나고 있었다. 그날도 우리는 지방도를 따라 봉황리 들녘을 바라보며 현장으로 가고 있었다. 나는 갓 파종한 농작물에 대해 그녀에게 물어보니 아는 것이 없다. 그 흔한 감자, 옥수수, 고추도 모르는 그녀다. 나는 그녀에게 선생님, 아버지의 마음으로 농촌생활을 이야기해준다. 시간이 지나고 계절이 바뀌면 그녀도 저 농작물과 같이 무럭무럭 자라 풍성하고 단단한 열매를 맺겠지. 그녀의 풍성한 가을날을 기대하며 내가 아는 것을 다 주어야겠다.

봉황리 들녘, 주변 산은 아직도 푸름을 간직하고 있는데 논밭은 오색으로 단장하고 있다. 메뚜기도 보기 힘들고 허수아비도 없는 들판이지만 멋과 운치가 있다. 자연은 그대로 내버려두어도 그 이름에 걸맞게 질서와 조화를 이룬다. 사람의 손길로 다듬어진 들녘은 사랑이 흐르는 한 폭의 풍경화다.

해마다 들판에 곡식이 익어가고 서늘한 바람에 들꽃이 휘날리는 계절이 오면 어디론가 떠나고 싶다. 가을을 타는 것은 누군가를 그리워한다. 이상하게도 오곡이 무르익는 풍성한 논밭으로 들어오면 그런 낭만적인 마음은 금세 사라진다. 어린 시절 할아버지 따라 논밭에서 작은 일을 도우며 뛰어놀던 추억이 다가와서 그렇다. 그 시절이 영화의 한 장면같이 생생하다. 벼 베는 날은 더욱 신이 났던 고향의 들녘이 아른거린다.

잠시 가을과 연상되는 말들이 떠오른다. 가을동화·가을소풍·가을운동회·가을날의 사랑·결실의 계절·천고마비·단풍·들국화·보람·우수 등 이루 말할 수 없다. 지금 가장 소중한 것은 따가운 가을볕이다. 가을은 사색, 독서, 철학, 결실의 계절이다.

다시 봉황리 들판을 둘러보니 어여쁜 숙녀는 익어가는 벼를 신기해하며 물끄러미 바라보고 있다. 우리는 마주보며 싱긋 웃었다.

먼 훗날 끊임없는 계절이 왔다 가고 오늘처럼 볕 좋은 가을날이 오면 그녀와 나는 지금을 기억할까. 기억하지 않는다 해도 상관은 없다. 그렇지만 인생의 아름다운 추억을 남기기 위해 스마트폰으로 가을 풍경의 한 장면을 남겨두었다.

가을 들녘의 진수는 황금벌판이다. 황금빛이 무엇인지 안다고 하지만 우리는 관념상 느낌상 막연히 알고 있다. 황금빛에 취해 보면 빛의 미학에 도취된다. 우리는 막연히 빛과 색깔을 말하지만 빛의 진수는 자연에서 발아하는 것이다. 자연의 빛에 취하면 물아일체가 된다.

찬란한 가을날, 고요하고 아늑한 논두렁길을 걸어가는 마음이 넘치도록 상쾌하다. 나도 모르게 누렇게 익어가는 벼에 그만 손이 닿는다. 벼이삭을 만지는 감촉은 형언할 수 없는 기쁨이다. 그 모진 폭우와 태풍에도 끄떡없이 자라준 벼들이 그렇게 고마울 수가 없다. 영글어가는 벼는 농부들의 삶과 꿈이다. 작은 볍씨가 싹을 틔우고 뿌리를 내려 무럭무럭 자라 이삭이 피고 영글어 쌀로 변하는 벼의 일생은 장렬하기 그지없다. 익을수록 고개를 숙이는 벼의 겸손함에 한동안 숙연해진다.

하늘에는 구름 한 점 없다. 따가운 볕은 오곡을 알차게 여물게 한다. 살랑거리는 바람은 콩잎을 흔든다. 황금빛으로 물들어가는 풍성한 들녘에서 가을을 온몸으로 느끼며 맘껏 담아본다.

천년의 숲 비자림

    비자림은 거목들이 군집한 제주도의 매우 독특한 숲이다. 천연기념물 제374호인 비자림은 448,165㎡의 면적에 500~800년 생 비자나무 2,800여 그루가 밀집하여 자생하고 있다. 비자나무는 겨울철에도 잎이 떨어지지 않아 연중 푸른 숲을 유지하는 제주도에서 처음 생긴 삼림욕장이며, 단일수종의 숲으로는 세계 최대 규모를 자랑하고 있다.

    세계 7대 자연경관을 자랑하는 제주도는 어디를 가나 신비롭고 아름답지 아니한 곳이 없다. 사람마다 느낌이 다르고 계절마다 특징이 있기에 어느 곳이 가장 좋다고 말하기는 더욱 곤란하다. 누가 뭐라고 하여도 한라산이 단연 제일이겠지만 한라산은 쉽게 오를 수 있는 산이 아니어서 짧은 여정에 둘러볼 만한 명소 내지 자연경관으로는 비자림이 아닐까 싶다.

    2012년 겨울, 3박 4일간 제주도로 휴가를 갔다. 즐기다 보니 어느덧 마지막 날 아침이 되었다. 오전에 가볼 만한 곳을 찾기 위하여 팸플릿을 훑어보았다. 사람들이 잘 가지 않을 곳으로 생각되는 오름이나 숲을 찾았는데 그중의 하나가 비자림이다.

비자림 입구에 도착하여 안내표시판을 보니 숲을 산책하는 데 30~40분이 소요된다. 매표소, 잔디광장, 소공원을 지나 관찰로로 들어섰다. 산책로 초입에서 처음 대면하는 비자나무를 보자 순간 제주도 여행의 대어를 낚은 기분이다. 이제 천년의 신비가 다가오고 있다. 이렇게 큰 나무들이 어떻게 살아 있을까 육지에서는 볼 수 없는 숲이 전개되고 있다.

비자나무는 가지가 넓게 퍼져서 드문드문 있는데도 하늘을 가리고 있다. 나무 사이의 간격이 넓은데도 숲이 꽉 차 보이며 여유로움이 있고 무엇보다 원근의 조화를 잘 볼 수 있다. 마치 곤충이 숲 속을 날아다니는 3D 영상을 보는 거와 같이 입체감을 확연하게 느낀다. 앞을 봐도 명화요, 뒤를 돌아봐도 명작이다. 비자림은 한 폭의 풍경화다. 겨울 숲이 이렇게 아름다울 수 있을까 연신 감탄한다. 녹음이 하늘을 덮는 신록의 계절에 오면 더욱 멋질 것이라는 상상의 나래가 펼쳐진다.

비자림은 나무 하나하나가 육중하고 서로 비교할 수 없을 정도로 우람하다. 단일수종의 숲이 주는 즐거움이라고 할까, 어울림이라고 할까 표현하고 싶은 말이 달리 떠오르지 않지만 비자림은 대대손손 이어온 집성촌을 연상케 한다. 사람에게 이름이 있듯이 나무마다 고유번호가 있다. 굳이 비유하자면 풍산 류씨가 600여 년간 대대로 살아온 안동 하회마을 같다. 비자나무 하나하나는 하회마을의 충효당, 양진당, 하동고택 등을 보는 느낌이다.

비자나무 숲은 하늘을 덮고 있지만 아래에는 공간이 넓어서 키 작은 잡목들이 잘 자라고 있다. 그 속에는 풍란, 콩짜개란, 혹난초, 생달나무, 머귀나무, 사약나무 등이 자생하고 있다. 또한 겨울에도 잎이 떨어지지 않아 깨끗한 정원 같다. 잡목들은 잎이 말라 있는데 비자나무는 푸른 잎을 간직하고 있다. 아마 겨울에는 휴식을 취하고 봄, 여름, 가을에 성장하는 것 같다.

들어오는 주차장 주변에는 찬바람이 스치는 쌀쌀한 기운이 감돌았는데 숲 속은 평온하고 아늑하다. 제주도 화산 활동 시 화산 쇄석물의 일종인 연붉은 송이를 깔은 산책로는 더욱 포근하다. 산책로 안에는 야생 고라니 한 쌍이 마른 풀을 뜯으며 사람들을 힐끗멍하니 여기가 낙원이라고 말하듯 바라보고 있다. 마치 시공간이 멎은 태곳적 수림을 보는 것 같다.

산책로를 따라가다 보면 나이 824년, 키 14m, 둘레 6m, 수관폭 15m인 거대한 비자나무 한 그루를 만나게 된다. 이 나무는 제주도의 모든 나무 중 최고령목으로서 지역의 무사안녕을 지켜온 숭고함을 기리고, 희망과 번영을 구가 하는 새천년을 맞이하여 2000년 1월 1일 새천년 비자나무로 명명되었다고 한다. 이곳에 있으니 잠시 시간은 천 년 전으로 거슬러 간다.

인적이 드물었던 이곳에 비자나무가 어떻게 자생했는지는 알 수 없지만 참 신기하다. 긴 세월 동안 군락을 이루며 자랄 수 있었던 환경 여건은 어떠했을까. 일반적으로 숲은 나무가 자라서 거목이 되고 자연발화적인 불로 인해 숲을 태우고 다시 나무가 자라기를 반복한다. 비자나무는 단일수종으로 군집을 이루어 잎이 떨어지 않는 사철 푸름을 간직하여 낙엽이 없어서 그랬을까 상상해 본다. 비자림을 바라보고 있으면 자연의 신비로움과 숭고함을 느낀다. 사람의 힘으로는 저 거대한 비자나무를 심을 수도 가꿀 수도 없는 것이며 훼손을 하지 않는 것이 최선이다.

이번에 제주도에 와서 처음 들른 곳이 이중섭 박물관이다. 박물관 아래 텃밭에서 한 노신사가 상추를 손질하고 있었다. 겨울철에 상추가 자란다고 감탄하자, 노신사는 서귀포는 겨울에도 거의 영상의 날씨를 유지한다고 한다. 그래서 노후에 서귀포에 살고픈 생각이 들었다. 그런데 여기 비자림을 둘러보니 비자림 주변 마을에서 더욱 살고 싶다.

남쪽 섬 제주도에 비자나무가 자생하여 군락을 이루었다. 장구한 세월 동안 비바람과 눈을 맞으며 그 자리를 지키고 있다. 비자림은 고난을 헤쳐 온 자연의 위대함이며, 천년의 신비를 간직한 태곳적 아름다움이다. 다음에 제주도에 오면 꼭 비자림을 보아야겠다. 천년의 숲 비자림이여, 영원하여라.

겨울 산야

　매주 월요일 아침은 분주하고 바쁘다. 근무지가 충주라서 수원에서 가려면 최소한 아침 6시에 일어나 출근을 서둘러야 한다. 겨울철은 해가 늦게 뜨니 아침 어둠이 길다. 일단 고속도로에 진입하면 안심이 된다. 특별히 지·정체가 없으면 출근시간에 맞게 도착할 수 있으니까. 안전운행에 신경을 쓰며 차량 흐름에 맞추다 보니 여명의 풍광은 주마간산처럼 지나가며 어느새 물상들은 아침을 가르고 있다.

　고속도로 운행 중에는 별생각 없이 음악을 듣는 정도다. 드디어 감곡나들목으로 나오니 지방도를 따라 펼쳐지는 산야는 아침햇살을 받으며 더욱 상쾌하다. 감곡나들목에서 사업단까지는 약 14km로 20분 정도 소요된다. 매주 월요일 아침에 지나가는 이 시간이 사계절의 변화와 대자연의 삶을 기억하게 한다.

　산자수명이라고 했듯이 우리나라 농촌은 어디를 가나 아름답다. 봄, 여름, 가을은 생명이 움트고 싱그럽게 자라고 풍요로움을 주니 더할 나위 없다. 하지만 겨울은 그 나름대로 멋이 있지만 다르다. 추수한 들녘은 허전하며 낙엽 떨어진 산은 스산하다.

감곡나들목에서 국망산 고개를 넘을 때까지 산야는 파로라마로 이어지는 드넓은 나의 정원이다. 모든 것을 내려놓은 겨울, 추위에 언 들판에 서리가 하얗게 내리면 유년 시절의 고향, 어머니, 초등학교 때 동무들이 떠오른다. 추위에 떨면서도 즐거웠던 그 시절이 새로워진다. 개울과 들판으로 다니며 얼음지치기를 하다가 불을 피워놓고 추위를 녹이던 개구쟁이 시절이 눈물 나도록 그리워진다.

감곡은 복숭아로 유명하다. 들녘은 산비탈에도 복숭아나무가 자라며 과수원이 지천이다. 본격적인 겨울로 접어드는 12월이 되면 아침에는 어김없이 서리가 하얗게 들판을 덮는다. 그 풍광은 겨울을 지키지만 애처롭고 서럽도록 아름답다. 차창으로 보이는 산야는 농촌, 시골, 고향이라는 단어가 끝없이 이어진다.

겨울인데도 지나가는 길목마다 꽃이 피어 있다. 그 꽃은 다름 아닌 복숭아나무에 매달린 종이꽃이다. 복숭아를 감싸던 봉지가 나무에 그대로 남아 있어서 노란색이나 흰색으로 꽃처럼 아름답게 보이는 것이다. 저 종이 봉지는 이듬해에 쓸 수가 없을 텐데 그대로 놓아두었을까, 아니면 일손이 바빠서 그랬을까, 홀로 상상하며 지나간다. 추운 겨울 복숭아나무에 매달린 종이 봉지는 떨고 있을지라도 겨울 꽃같이 정말 멋지다. 찬바람이 휘몰아쳐도 여름날에 함께했던 종이꽃이 있으니 복숭아나무는 덜 외롭겠다.

이른 아침이라서 그런지 도로변에는 띄엄띄엄 집들이 옹기종기 있지만 사람들은 보이지 않는다. 겨울이라 할 일이 별로 없는 것도 같고, 뜨거운 여름에 열심히 일하여 한가로이 집 안에서 즐거운 시간을 보내는 것도 같다. 하지만 나뭇가지에는 까치가 아침 인사를 하며 겨울 하늘을 응시하고 있다.

국망산 고갯길로 접어들면 겨울나무와 대면한다. 도로 주변의 나무는 응달이라서 무척이나 을씨년스럽고 처연하다. 따스한 봄이 오려면 아직 멀었는데 겨울이 얼마나 힘겨울까. 키 큰 나무와 그 사이에 붙어있는 작은 나무, 잡목들은 서로를 감싸며 함께 겨울을 난다.

좌측으로 시야를 돌리면 골짜기 건너 겨울 산이 우뚝 솟아 있다. 국망산 능선을 따라 가지런한 소나무는 산을 보호하는 울타리다. 휘몰아치는 삭풍에도 한 점 흐트러짐 없이 꿋꿋이 서 있는 것을 보면 의연한 기상이 드러난다. 많은 나무들이 잎을 내려놓고 휴식을 취하는 계절이지만 소나무는 푸른 잎을 간직한 채 계절의 변화에 관계없이 살아간다.

아침햇살이 비춰면 더욱 환하게 나타나는 자작나무 군락이 있다. 자작나무는 섬섬옥수, 백옥을 간직한 여인네처럼 곱다. 자작나무에 햇살이 반사되면 정말 눈이 부시다. 미끈하게 자란 자작나무는 추위를 헤치며 다가오는 한줄기 빛이다.

국망산 능선을 지키는 소나무와 자작나무 군락을 제외하면 산은 대부분이 참나무다. 참나무는 종류가 다양하다. 껍질이 두껍고 투박한 나무가 눈에 띈다. 문득 전방에서 군 생활 할 때 화목을 하던 그 시절이 생각난다. 엄동을 나기 위해 칼바람을 맞으며 언 나무를 잘라매고 능선을 오르내리던 그때가 약간은 그리워진다. 추운 겨울 땔감으로만 본다면 참나무만 한 나무도 없다. 나무가 군락을 이루면 추위를 덜 탈까. 나무끼리 얘기를 나눌까. 이런저런 생각을 하면서 잠시나마 나무와 하나가 되어 본다.

잎이 떨어진 앙상한 겨울나무는 구도자의 인고를 닮았다. 그 곱고 왕성하던 자태는 어디가고 엄동에 가지마다 숨겨둔 소망 허공에 내려놓고 세상을 관조한다. 삶이 고단하여도 표내지 않고 추위에 떨면서도 불평하지 않는 달관한 성자의 마음같이, 나무들은 이 겨울이 지나면 봄이 온다는 평범한 진리를 다 알고 있다. 나무들은 겨울이 오기 전에 잎을 내려놓을 때부터 봄을 준비하고 있었다. 일상을 불평하고 짜증내고 조급하게 자신만 생각하는 사람들을 비웃기라도 하듯, 겨울나무는 오늘 아침도 한결같이 엄동의 하늘을 응시하며 묵묵히 서 있다.

겨울 산야의 진수는 설경이다. 텅 빈 들녘이나 낙엽 진 나무들의 쓸쓸함을 덮어주고 감싸는 것이 하얀 눈이다. 눈이 내리면 엄동의 겨울은 하얀 세상으로 하나가 된다. 사람들은 눈 세상을 좋아한다. 설경이 주는 느낌이 잠시나마 세상사를 잊게 한다.

사람들은 자신들의 입장에서 세상을 보기에 눈 덮인 산야는 더 아름답게 보인다. 겨울 산야의 설경은 분명 아름답지만 보이지 않는 눈 속에 숨어 있는 숭고한 아름다움이 있다. 긴 겨울을 동면하는 대지 속에 살아 숨 쉬는 미생물, 벌레와 곤충의 알, 풀씨와 뿌리 등등 모든 생명체는 봄을 준비하고 있다. 눈 속에는 인고의 겨울을 참고 희망의 봄날을 기다리는 연약하면서도 강인한 생명의 숨이 있다.

겨울 산야는 외롭거나 쓸쓸하지 않다. 북풍한설이 휘몰아쳐도 새벽마다 하얀 서리가 내려도 불평하지 않는다. 겨울 산야는 사계절의 변화와 자연의 섭리를 다 알고 있으니까. 오늘 아침도 겨울 산야는 새로운 날을 맞아 그윽한 미소를 짓는다.

그리운 고향산천

한낮의 열기가 사라지고 어스름이 내리면 집집마다 초가지붕 위로 밥 짓는 연기가 피어오른다. 동구 밖 나무에는 새들이 둥지로 돌아오고 저녁연기는 구름 되어 저문 하늘을 덮는다. 그쯤이면 어머니들의 아이들 부르는 소리로 한바탕 동네가 떠들썩하다. 그 귀에 익은 소리에 아이들은 신나던 놀이를 멈추고 집으로 돌아간다. 아, 그리움이여! 아득히 먼 그 시절의 희미한 풍정이 겹쳐진다.

조용히 눈을 감으면 아련히 떠오르는, 언제나 가고 싶은 곳이 있다면, 그곳은 다름 아닌 고향산천이 아닐까? 시골에서 자란 사람이면 누구나 고향산천에 대한 감회는 남다르고 엇비슷할 것이다. 문명의 이기가 세상을 지배하여도 때론 삶이 고단하여도 문득 다가오는 그리움이 있다면 고향, 그리고 정다운 사람들이다.

나의 고향산천을 생각하면 마을 전체의 윤곽이 나타나고 집집마다 살아가는 삶이 한눈에 들어온다. 어린 시절에 뛰어늘던 동무들, 들판에서 일하던 어르신들, 소와 농기구까지 선명하게 파노라마가 펼쳐진다. 봄이면 산과 들에 지천으로 피어나는 진달래와 개나리, 여름이면 들판에 무럭무럭 자라나는 곡식, 가을이면 울긋불긋한 단풍잎과 풍성한 황금들녘, 겨울이면 온 세상을 덮는 하얀 눈은 그리움이며 추억이며 삶의 생명이다.

먼 옛날 백두대간이 뻗어내려 소백산맥을 형성하고 그 정기 따라 내려오다 자리 잡은 터가 나의 고향산천이다. 내 고향산천은 특별히 자랑할 것은 없지만 아담하고 평화로운 전형적인 농촌마을이다. 산이 높지 않고 큰 내가 없으며 넓은 들판은 아니나 논과 밭이 어우러져 농사짓기에 좋은 고장이다. 마을을 감싸는 뒷산에 오르면 동쪽에는 큰 마을 뒷산과 그 너머에 학가산이 우뚝 솟아 있고, 남쪽에는 이름 모를 산이 겹겹으로 펼쳐지고, 북서쪽에는 가까이 두리봉이 다가오고, 멀리 국사봉이 하늘에 닿아 있으며, 그 아래로 푸른 저수지가 자리하고 있다.

인터넷 위성사진으로 고향지역을 보면 고향산천은 한눈에 들어오고 선명하게 다가온다. 공사들·오미기·진등·돌깨·뱅골 등 아주 토속적이고 정겨운 이름들이 스쳐간다. 위성사진을 조금만 확대하여도 산과 들, 가옥이 뚜렷하고 큰길은 물론 오솔길, 멱 감던 웅덩이, 뛰어놀던 묘지까지도 한눈에 볼 수 있다. 저 논밭은 누구네 것인지 단번에 알 수 있다. 그 시절 마을과 들판에서 일어난 사건까지도 생생하게 나타난다. 지워지지 않는 지울 수 없는 풍경화가 고향산천이다.

고향산천은 떠올리기만 하여도 들마다 골마다 사연이 무지 많다. 생각해 보면 서러운 기억도 있고 잊을 수 없는 추억도 있다. 이제는 모든 것이 지나온 긴 여름의 아쉬움을 뒤로하고 황엽으로 물든 낙엽 같다. 그래도 아름다운 추억이 서려 있고 다시 돌아가고 싶은 시절이 있었으니 말이다.

여름철이면 연례행사처럼 하는 것이 소띠기기다. 소는 농사일에 최고의 일꾼으로 가족이라 해도 과언이 아니다. 집집마다 소가 있었으며 소는 일뿐만 아니라 매년 송아지를 낳아주는 살림 밑천이기에 무엇보다 잘 먹어야 했다. 소는 겨울철에 볏짚을 썬 여물을 먹었다. 그 당시 볏짚은 유용하게 쓰였다. 볏짚은 초가지붕의 이엉과 가마니, 새끼의 재료였으며 소에게도 꼭 필요한 여물이었다. 싱그러운 풀잎이 산과 들을 덮을 때면 여물도 다 떨어져 간다. 소는 딱딱하고 메마른 여물보다 영양가가 높은 성성한 풀을 잘 먹는다.

곡식이 무럭무럭 자라나는 여름철에 어른들은 농사일에 바빠서 소먹이는 일은 아이들 몫이었다. 아이들은 학교에서 돌아오면 어김없이 산과 들로 다니며 소와 함께 생활했다. 여름방학이 되면 소띠기기 장소는 두리봉으로 집중되었다. 그곳에서 아이들은 시간 가는 줄 모르고 놀았다.

오후 3시쯤이면 아이들은 소를 몰고 두리봉으로 간다. 두리봉에 도착하면 소는 소대로 몰려다니며 풀을 뜯어먹고 아이들은 아이들끼리 신 나게 놀이를 한다. 그러다가 시장기가 나면 서리를 한다. 밭에는 밀·콩·옥수수·감자 등 먹을거리가 풍족했다. 들에 자라는 곡식은 익혀 먹어야 하기에 불을 피우지 않을 수 없다 연기가 나면 밭에서 일하는 어른들은 서리한다는 것을 알고 있었지만 관대하게 지나쳤다.

긴 여름해가 떨어져야 아이들은 소를 몰고 집으로 간다. 그런데 소를 잃어버리는 일이 가끔 있다. 해는 저서 사방은 깜깜하고 집으로 가려는데 소가 없으니 얼마나 당황스러운가. 온 산을 뒤져도 소를 찾지 못할 때 너무 난감하고 부모님께 꾸중을 들을까 걱정이 된다. 어떤 때는 소가 남의 밭에 들어가 곡식을 뜯어먹다가 주인에게 빼앗기는 일도 있다. 이런 일이 발생해도 시간이 지나면 다 잊어버리고 아이들은 신 나게 논다. 가을바람이 불어오기 시작하면 소띠기기도 사라지고 아쉬움이 있지만 내년을 기약해야 한다.

나는 초등학교 입학 전에는 동네 형들을 따라 두리봉에 갔으며 초등학교부터 고등학교 2학년까지 여름이면 소띠기기를 했다. 그중에서도 고1 때가 가장 아름다운 추억이다. 장래 목장을 운영하고 싶은 꿈도 있었으니 말이다. 고등학교 음악시간에 배운 아일랜드 민요 〈아, 목동아〉는 그 시절의 꿈과 추억을 떠올리게 한다.

"아, 목동들의 피리소리들은/ 산골짝마다 울려 나오고/ 여름은 가고 꽃은 떨어지니/ 너도 가고 또 나도 가야지/ 저 목장에는 여름철이 가고/ 산골짝마다 눈이 덮여도/ 나 항상 오래 여기 살리라/ 아, 목동아 아, 목동아 내 사랑아"

이 노래는 서정적이고 서글픈 멜로디로 우리의 시골 정서에도 잘 맞는다. 많은 사람들과 마찬가지로 나도 한 번쯤 하얀 양떼들이 풀을 뜯고 있을 푸르고 넓은 초원을 그리며 향수에 젖어 아늑한 그리움에 마음을 빼앗긴 적이 있다. 세월이 흐를수록 그때의 추억이 더욱 가슴에 와 닿는다.

그 당시 두리봉을 위시하여 고향의 산들은 나무가 많지 않아서 밤에도 낮처럼 잘 다닐 수 있었다. 그랬던 곳이 몇 번의 강산이 변하는 동안 사람들이 출입하지 않고 나무가 자라고 숲이 우거져서 어제는 들어가는 길이 없어졌다. 더욱이 여름에는 산에 오르기가 어려워졌다.

10여 년 전 어느 겨울날, 우연히 두리봉에 오른 적이 있다. 메마르고 앙상한 숲을 헤치고 소나무 사이로 어렵사리 올라갔다. 어린 시절에는 산꼭대기에 오르면 사방이 잘 보였는데 나무가 크고 빽빽하여 시야가 좋지 않다. 이런 것을 두고 강산이 변했다고 하는구나! 그 시절의 풍경, 들여오는 노랫소리, 많은 사람들이 떠올라 눈시울이 붉어진다. 고향산천은 낭만이고 그리움이다.

아, 또 하나의 잊을 수 없는 늘 멍에처럼 간직해야만 하는 아픈 그리움이 있다. 내가 오늘까지 무사히 바른 세상을 살아가게 한 서럽고 가슴 아픈 힘들었던 환경을 잊을 수 없다. 보리를 수확하는 유월은 무지 바쁜 달이다. 어느 달 밝은 밤에 할아버지와 아버지 그리고 어머니는 낮에도 고단하였을 텐데 밤늦도록 밭에서 보리를 베고 있었다. 늦은 밤에 집으로 돌아왔겠지만 얼마나 힘겹고 고단한 삶이었을까.

젊은 날에 나는 가끔 유흥, 음주문화에 빠진 때가 있었다. 다음 날은 참 후회도 많이 했지만 당신들을 생각하면 나 자신이 한없이 미웠다. 잘못되고 나쁜 길로 빠지지 않게 나를 지탱해 준 한순간의 서러움이 있었으니, 가슴이 여미지만 나는 당신들께 진정으로 감사하며 살아간다.

　나는 부모님이 고향에 살기에 1년에 몇 번은 고향을 다녀간다. 언제나 갈 때는 설레는 마음이 있다. 그러나 하룻밤만 지나면 나의 삶으로 돌아가고 싶다. 생활이 불편해서일까, 마음이 편치 않아서일까, 나도 잘 모르겠다. 그것은 어린 시절의 정서와 지금의 삶과의 보이지 않는 괴리가 있어서일 것이다. 그래도 나는 첫사랑을 잊지 못하는 사람들처럼 고향산천을 사랑하고 무지 그리워한다.

제2장

지혜로운 사람

자랑거리

누구나 한두 가지 자랑거리는 있다. 자랑거리는 자기와 관계있는 일이나 물건으로 남에게 드러내어 뽐낼 만한 것이다. 나는 특별히 자랑할 것도 없지만 팔불출이 아니기에 나를 자랑하고자 함은 더욱 아니다. 내가 자랑하려는 것은 나와 관계된다기보다는 진리를 찾는 사람들에게 자랑하고 싶은 사람이다.

사람마다 최고의 자랑거리는 다르겠지만 나는 문화와 사상을 만든 인물을 꼽고 싶다. 유구한 우리 역사에 빛나는 인물들은 수없이 많다. 세종대왕이나 이순신 장군은 어떤 미사여구로 극찬하더라도 그 위대함과 훌륭함을 표현할 수 없다. 세종대왕은 한글을 창제하여 백성들에게 문자를 주었지만 우리 민족에게 국한되었다고 봐야 하며, 이순신 장군은 왜적을 물리쳐 나라를 구했지만 일본 입장에서는 좋게 볼 리가 없다.

내가 자랑하고자 하는 인물은 다석 류영모 선생과 우명 선생이다. 다석 선생은 온 생애에 걸쳐 진리를 추구한 끝에 구경의 깨달음에 이른 한국이 낳은 큰 사상가다. 우명 선생은 마음수련회를 창시하여 많은 사람들이 우주의 마음을 볼 수 있게 인도하여 마음의 평온을 찾게 하였다. 다석사상을 따르고 흠모하는 사람들이나 마음수련회를 다녀온 사람들이 두 분을 성인의 반열에 올린다면 나로서는 티끌만 한 저항도 없이 환영할 것이다.

물질적으로 풍요롭고 문명이 발달한 지식사회지만 또한 정신적으로는 공허하고 허전함이 많은 세상이다. 정신이 빈곤하고 심적으로 불안하고 누군가에게 의지하고픈 갈망이 있으면 종교를 찾는 것이 인간의 숙명인 것 같다.

그런데 사람들은 종교생활을 하면서 자신이 믿는 종교만이 절대유일신앙이라고 생각한다. 현실적으로 보면 종교가 다른 사람들은 서로의 종교에 대해 긍정적으로 생각하기 어려우며 대화도 쉽지 않다. 대부분이 타종교는 싫다는 입장이고, 아니면 타종교를 인정하되 자신이 믿는 종교가 질적으로 낫다는 정도다. 그러나 종교다원주의는 종교들이 가는 길은 달라도 목적지는 하나라는 것이다. 다석 선생이 종교다원주의를 제창하였다는 것에 놀라움을 금치 못하며 무한히 존경스럽다. 다석 선생은 우주 만물을 수렴하는 진여를 아버지·공·무·태극무극이라 하였으며, 동서 여러 종교의 신심을 아우른 폭넓은 신앙인이다.

마음수련은 사람들이 깨달음을 얻게 하여 영적으로 성숙한 모습으로 거듭나게 하는 것이다. 마음수련은 인간 본래의 고습으로 되돌아가게 하는 과정이다. 본래, 본연의 모습을 회복하는 것이 인간의 완성을 의미한다.

우명 선생에 대하여 마음수련원을 다녀간 사람들도 잘 모르는 것 같다. 수련할 때 들은 이야기와 그의 저서에서 '우뎡(禹明)'이란 필명을 사용하고 있다는 정도다. 선생도 처음에는 누구나 한 번쯤 고민해 보는 생과 사의 문제, 존재의 근원에 관한 문제. 영혼과 사후의 세계 등 궁극적 관심에서 시작하였을 것이다. 선생은 마음수련의 이치를 깨닫고 나서 세상 사람들이 도무지 자기 말을 알아듣지 못할 것 같아 처음에는 많이 망설였다고 한다.

마음수련은 본래의 거듭남의 이치다. 태초에 무한대인 순수허공에서 별들이 나오고 태양과 지구와 달이 생겨났다. 그리고 지구에 생명체가 살 수 있는 환경이 조성되자 단세포 생물에서 시작하여 여러 생명체가 속속 나타나게 되고 진화를 거듭하여 마지막으로 인간이 탄생했다.

인간은 태어나 오랜 세월을 살아오는 동안 언제부턴가 자기 개체를 상대와 분리된 별개의 존재로 인식하게 되었다. 자기 몸을 중심으로 우주, 만상만물을 포함한 외부의 모든 존재와 별개의 존재로 인식하고 있으며, 그 결과 이기적인 삶과 가짐의 삶을 살게 되었다. 이러한 모습으로 살아가는 인간이 원래의 모습으로, 이렇게 된 반대 경로를 따라 처음으로 되돌아가 다시 태어나도록 하는 것이 마음수련의 기본원리다.

다석 선생은 기도와 명상을 하고, 우리 몸에 있는 탐·진·치의 삼독인 제나(自我)를 버리고, 진·선·미인 얼라(靈我)로 거듭나야 하느님·부처님과 하나 될 수 있다고 한다. 우명 선생은 인간이 살아오면서 가짐에 대한 집착과 개체의 마음을 품고 살게 되면서 때가 묻었으니, 개체의식의 삶에서 생긴 업과 습을 지워 없애야 우주의 마음이 된다고 한다.

나는 두 분을 생각할 때마다 그들의 생활이 매우 궁금하고 많은 대화를 나누고 싶었다. 하지만 그러한 나의 바람은 현실적으로 불가능하다는 것도 잘 안다. 이미 다석 선생은 하늘나라로 가셨고, 우명 선생은 누구나 쉽게 만날 수 있는 위치에 있지 않다. 다만 두 분과 관련한 서적을 통하여 사숙하고 있는 정도다.

두 분은 신과 우주의 마음으로 다가가는 방법에는 다소 차이가 있을지라도 궁극적으로는 순수허공·무한우주를 지향하고 생각하는 것 같다. 다석 선생은 그리스도교에 입문하여 불교, 노장사상 등을 두루 섭렵하여 종교다원주의를 제창한 사상가이며 신앙인이라고는 볼 수 있으나 특정 종교와는 거리가 있다. 우명 선생은 종교와는 관계가 없다. 종교가 지향하는 궁극목적이 마음수련과 연관은 있을지라도 종교인이 아니다. 또한 사상가라고 하기에도 맞지 않으며 개체의식의 허상을 없애서 태초의 진공묘유로 돌아가는 것이라고 했다.

종교란 초월적인 절대자를 믿고 일정한 양식 아래 숭배하여 받듦으로써 마음의 평안과 행복을 얻고자 하는 정신문화의 한 체계다. 종교는 사상이나 교리, 미사나 예배, 종교교단 같은 것을 의미하기에 마음수련은 분명 종교는 아니다. 마음수련은 신이 초월적인 절대자가 아니라 우주 그 자체 정신으로 우리 인간의 본래 마음이라는 것이며, 신은 믿고 숭배하여 받드는 대상이 아니라 우리의 의식이 신과 하나가 되어야 하는 나의 본래의 존재라는 것이다.

두 분이 지향하는 자기중심의 개체마음을 벗고 이 우주의 마음과 일치했을 때 얻는 행복은 자기의 욕망이 채워졌을 때 생기는 행복과는 비교할 수 없을 정도로 깊고 그윽하다. 기도와 명상을 하고 마음을 깨쳐 보면 안다. 마음을 닦아서 개체 중심의 이기적인 마음을 버리고 나면 삶의 지혜와 행복을 얻는다. 마음을 비우면 본래의 자기를 발견하게 된다. 이것이 참이요 진리인 우주의 마음이다.

두 분이 있어서 많은 사람들이 진리의 길로 나아가고 있다. 내 생에 그분들을 간접적으로나마 만날 수 없었다면 인생이 허망하고 쓸쓸했을 것이다. 늦게나마 그분들을 알 수 있었다는 것은 내게는 축복이며 이제 방황은 끝났다. 하늘에 빛나는 별과 땅 위에 피어나는 꽃의 마음으로 무한 우주를 향해야겠다.

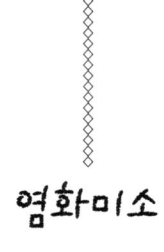

염화미소

해마다 4월 초파일이 오면 부처님께 깊은 감사를 드린다. 2,500여 년 전에 이 땅에 오셔서 무명에 가린 중생들에게 광명을 주신 부처님의 자비를 기리고, 이날 하루만이라도 이웃을 사랑하고픈 마음이 있어서다.

부처님 오신 날은 절기로는 대략 4월 하순에서 5월 초순이 된다. 그즈음은 이미 꽃이 만발하고 새싹이 푸르러가는 신록의 계절이다. 석가탄신일의 의미와 자연이 펼치는 향연보다도 염치없지만 그날이 공휴일이기에 반기는 면이 강하다. 석가탄신일이나 성탄절이 공휴일이니 종교를 갖지 않은 사람도 해마다 휴식이라는 축복을 받는다.

나는 가끔 절에 가면 부처님께 삼배를 드리곤 했다. 그렇다고 독실한 불교 신자는 아니며 더욱 불교에 대해 깊이 알지도 못한다. 그런데 불교에서 전해오는 말 가운데 '염화미소'라는 말을 참 좋아한다. 우리가 세상살이를 하면서 많은 사람들을 만나고 함께하지만 몇 번이나 염화미소를 지었을까? 내 생각이 틀리기를 바라지만 아마 흔하지는 않을 것이다.

'염화미소'라는 말이 생긴 연유는 이렇다. "석가가 영취산에서 설법을 하려고 했다. 그런데 석가는 설법 대신에 들꽃 한 송이를 쳐들어 보였다. 많은 청중은 석가의 손에 든 꽃송이를 바라보면서 의아해 하였다. 그때 무리 가운데 제자 가섭이 빙그레 입가에 미소를 지었다. 가섭이 미소 짓는 모습을 보고 석가도 마주 미소를 지었다. '염화미소'란 석가와 가섭이 미소의 대화를 한 것이다. 염화미소 속에는 석가와 가섭 사이에 참 나를 깨닫는 무엇인가가 있긴 한데, 다른 사람들은 석가가 꽃을 든 속뜻을 잘 모르는 것 같다." 석가는 꽃을 보라고 한 것이 아니라 꽃 뒤에 있는 꽃을 있게 하는 니르바나를 보라는 뜻이 아닐는지.

인간은 태어나 많은 사람들을 만나고 동고동락하며 살아간다. 때로는 정을 쌓고 때로는 미워도 한다. 부모와 자식, 부부, 친구, 스승과 제자, 상사와 부하, 동료 그리고 각종 단체와 모임에는 만남이 있다. 그 많은 만남에서 우리는 서로 얼마나 자주 염화미소를 지었을까? 모르긴 해도 염화미소는 그리 흔하지 않을 것이다. 단 한 번이라도 염화미소를 지은 적이 있다면 그들은 행복한 사람이었을 것이다.

내가 생각하기로 당연히 염화미소를 지었을 것으로 확신하는 이는 다석 류영모 선생과 그의 제자 박영호 선생이 아닌가 싶다. 다석은 온 생애에 걸쳐 진리를 추구한 끝에 구경의 깨달음에 이른 우리나라의 큰 사상가이며 종교다원주의자다. 《다석 류영모 명상록》은 『다석일지』에 있는 한시 1천3백 수에서 무게 있는 99수를 골라서 한 수에 5~6쪽으로 풀이한 것으로 다석사상의 진수다.

그런데 다석 류영모 명상록은 그의 제자 박영호가 다석 사후에 옮기고 풀이한 것이다. 다석의 한시는 영원한 생명의 글이나 어려워서 학자들도 이해하기가 어렵다고 한다. 박영호의 노력으로 오늘날 다석 류영모 명상록이 세상에 빛을 보게 되었다. 청출어람청어람(青出於藍青於藍)이란 말이 있지만 어찌 박영호가 스승을 능가할까마는 시대를 넘어 현실에 맞는 비유와 적절한 예로 이 명상록을 풀이한 박영호 선생을 어떠한 미사여구로 극찬하더라도 부족할 것이다. 다석사상에 문외한이어서 그런지 몰라도 한 사람이 한시를 짓고 다른 사람이 옮기고 풀이했다고 보기가 미심쩍을 정도로 동일인이 짓고 풀이한 것 같다. 다석이 제자 박영호가 풀이한 다석 류영모 명상록을 본다면 수없이 염화미소를 지었을 것이다.

독서를 아주 좋아하는 사람도 애독서를 한 권만 꽂으라면 주저한다. 이는 좋은 책이 많아 우열을 가릴 수 없어서 그렇기도 하지만 정말로 인생의 지침서를 못 보았을 수도 있다. 나는 《다석 류영모 명상록》을 접하기 전에는 여러 가지 책이 마음속에 있었으나 이제 나의 최고의 애독서는 《다석 류영모 명상록》이다. 이 책을 읽은 후 인생의 길이 확 트이고 삶의 의미가 더욱 뚜렷해졌다. 아침에 일어나면 먼저 풀이한 한시 한 수를 읽으며 즐겁게 하루를 시작한다.

'염화미소'라는 말은 심오하여 진리를 찾는 사람들에게 맞을 것 같고, 보통 사람들에게는 같은 뜻이라고는 할 수는 없지만 이심전심이라는 말이 빨리 다가올 것 같다. 우리는 살면서 이심전심을 얼마나 느꼈을까? 혈연적으로 가장 가까운 부모의 마음을 얼마나 알까. 수십 년간 한솥밥을 먹고 잠자리를 같이하는 부부 사이는 어떠한가. 오랫동안 직장에서 함께한 조직원들은 과연 이심전심으로 생활할까. 친구 따라 강남 가고 부모 팔아 친구 산다는 말이 있지만 친구와 진정한 우정을 나누었는지 뒤가 켕긴 적은 없었을까.

2010년 4월 3일, 나는 또 하나의 염화미소를 보았다. 천안함 참사로 백령도 앞 바다에 가라앉은 장병들을 구하겠다며 차디찬 바다에 뛰어들어 구조 수색 작업을 벌이다가 순직한 고 한주호 준위, 영결식 때 운구행렬을 가로막고 고인이 생전에 가장 좋아한 '사나이 UDT가'를 선창했던 문석준 중령, 해군특수여단 수중파괴대에서 34년이란 긴 세월동안 생사를 함께한 두 군인은 슬픈 눈물과 참담한 침묵이 흘러도 염화미소를 지었을 것이다.

오늘날의 교육현실은 각박하여 어떤 교육제도가 도입되더라도 공교육을 불신하는 세태가 되었다. 교육의 중심에는 스승과 제자가 있는데 사람들은 스승다운 스승과 제자다운 제자가 없다고 한다. 이러한 현실에 쌍수를 들고 싶지는 않지만 그래도 존경받는 스승은 있지 않을까. 제자가 어찌 스승을 탓할까, 자기 자신의 잘못이 훨씬 큰데.

돌아보면 누구에게나 존경하는 스승은 있다. '세상에 나아가 성공한 후 스승을 뵈리라'는 다짐을 했건만 초심대로 되지 않아 만남이 없어 염화미소의 기회를 상실했을 것이다. 그 성공이라는 것은 무지개와 같아 끝없이 헤맬 뿐이다. 무지개를 잡으려는 환상에서 벗어나 스승에게 달려가면 스승은 이 세상을 함께 산다는 것만으로도 미소를 지어줄 것이다.

어느 날 아침 신문에서 행복한 선생님과 제자들의 아름다운 돈 봉투 이야기를 보았다.

"선생님의 30년 전 모습이 선한데 말기 암이시라니, 5명의 제자들은 치료비에 보태시라며 450만 원을 내밀었다. 늙은 선생을 잊지 않았다니 고맙구나. 선생님은 가족들에게 난 얼마 못사니 내가 돈을 보태 학교에 장학금 1,000만 원을 내고 싶다고 했다. 제자들이 놓고 간 봉투에는 사제 간의 사랑과 동문들의 정으로 아름다운 마법이 걸렸다. 스승을 위해 마련한 치료비 450만 원이 6개월 만에 7,800만 원의 배명고등학교 동문회 장학금으로 변했다. 선생님의 뜻대로 매년 형편이 어려운 학생 10명에게 180만 원씩 지급할 예정이라고 한다."

염화미소는 행복의 미소이며 더 멀리 높게 바라보면 우주의 마음이다. 동학사상에 나오는 오심즉여심(吾心卽汝心)인 내 마음이 곧 네 마음인 것이다. 수많은 만남에서 염화미소가 없었다고 하더라도 마음의 문을 활짝 열고 다가가면 이심전심이 되어 염화미소를 지을 날이 반드시 올 것이다.

진리의 벗

1931년 스위스 레만 호반에는 두 사람의 뜻깊은 만남이 있었다. 그들은 다름 아닌 로맹 롤랑과 마하트마 간디였다. 그 만남은 참으로 역사적이었다. 수십 억을 헤아리는 인류지만 그때 두 사람만큼 서로 뜻이 통하고 경애하는 진리의 벗은 아마 찾기가 어려울 것이다.

사람은 살아가면서 많은 이를 만난다. 그 많은 만남 중에서 벗과의 만남이 참으로 아름답고 보람이 있을 것이다. 벗은 또 다른 나일 수 있다. 벗은 외로울 때 보고 싶고 괴로울 때 심경을 토로하며 서로의 아픔을 나누고 도와주는 사람이다.

급변하는 현대사회는 복잡한 사회구조로 살아가기가 점점 어려운 것 같다. 거친 삶에서 생존하기 위해 끊임없이 노력하고 경주해야만 한다. 벗의 생명은 믿음인데 우리는 벗의 도리를 간과하는 때가 종종 있다. 마음이 그래서가 아니라 주변 여건이나 사회의 환경이 그렇게 만든다.

벗에도 여러 유형이 있다. 어릴 때부터 같이 놀며 자란 죽마고우, 아주 친한 관포지교, 맑고도 고귀한 지란지교, 생사를 같이 하는 문경지교, 동문수학한 친구, 더 나아가 진리의 벗 등 다양하다. 하지만 진리의 벗은 이런 범주에 넣기에는 격이 맞지 않고 그리 흔하지도 않으며 그 두 사람만이 느낀다고 봐야 한다.

　나의 독단적인 생각이지만 법정 스님과 이해인 수녀님은 진리의 벗인 것 같다. 그분들의 동의에 관계없이 그들이 쓴 몇 편의 글에서 그런 느낌을 받았다. 두 분이 짧으나마 함께 있던 모습을 그려보면 구름이 흘러가듯 저 하늘 우주를 향하고 있다.

　광안리 바닷가의 모래톱을 밟으며, 꽃들이 피어나는 불일암의 고요한 뜰에서 화두를 던지고, 무언의 대화를 나누던 모습은 진정 아름답다. 삶의 그리움이 밀려오고 세상의 아픔을 고뇌하고 진리의 말씀을 나누고 싶을 때 그들은 서로를 배려하며 묵상에 잠겼다. 그들은 가톨릭 수사님과 불교의 비구니 스님이 대화를 나누듯 서로를 생각하며 배려했을 것이다.

　두 분이 진리의 벗이라면 이보다 더 아름다움이 있을까? 남녀관계를 뛰어넘고 종교의 벽을 건너 인류를 위해 무한 우주를 향해 나아가는 그들이 정말 멋지지 아니한가. 진리의 벗이 있으면 외롭지도 않고 때때로 고독을 느껴도 세상이 아름답게 보일 것이다.

　사람들은 가장 친한 친구가 누구냐고 물을 때가 있다. 망설임 없이 답하는 사람도 있지만 주저하는 사람도 있다. 이는 사실이 그렇다기보다는 사람들의 생각의 차이다. 전자는 표현에 적극적이고 후자는 매사에 사려 깊은 사람일 수 있다. 또한 전자는 자기가 가장 친하다고 생각하는 것이고, 후자는 상대방이 나를 가장 친하다고 생각할까 하는 것이다.

가장 친한 친구는 두 사람이 서로에게 가장 친하다고 했을 때다. 한 사람이 누구와 가장 친하다고 해도 상대방은 가장 친한 친구가 다른 사람이라면 그들은 가장 친한 친구가 아니다. 일방향의 가장 친한 친구는 많을지라도 쌍방향의 가장 친한 친구는 찾기 어렵다.

사람은 태어나 생을 다할 때까지 많은 사람들을 만나고 교류하며 사귄다. 하지만 인생의 마지막은 혼자 남는다. 지금 이 순간에 친구관계를 생각해 보면 여러 가지가 있을 것이다. 학창 시절에는 둘도 없이 친했는데 그 후에 서로가 교류하지 않아 추억에만 남아있는 친구가 숱하지 않는가. 직장에서 친구 이상으로 아끼고 서로를 배려했는데 어디서 뒤틀렸는지 모르지만 이제 만나기가 서먹한 경우가 있다. 누가 친구를 소개시켜 주지 않았는데 어쩌다 자주 만나니 친구 이상으로 친한 관계를 유지하는 경우도 있다.

우리는 모든 사람과 친구 되기는 어렵다. 거기에는 사회적이고 문화적인 벽이 존재하기에 그런 것이다. 세대 차이가 나거나 남녀 간에는 더욱 친구 되기가 어렵다. 동창인 경우에 친구라고 하지만 두 사람만의 관계는 모임에 한정될 수도 있다. 또한 사회적인 위치나 경제적인 능력에 차이가 있으면 친구 되기가 어렵다. 이는 서로 불편하기에 상하갑을 관계가 암묵적으로 존재하며 한쪽에서 호의를 베풀어도 받아들이기가 어렵다. 죽마고우나 동창은 외관상 친구는 맞는데 만나면 서먹하거나 껄끄러운 경우가 허다하다.

사단과 칠정을 논한 이황과 기대승은 어떠할까? 그들을 진리의 벗이라고 해도 아니라고 할 사람은 그리 없을 것이다. "이황은 사단은 이가 발한 것으로 기가 그것을 따르는 것이고, 칠정은 기가 발한 것인데 리가 그것을 타는 것이라고 했다. 이에 반해 기대승은 사단과 칠정은 모두 성이다. 사단이 선한 것은 천명의 본연이고 칠정에 악이 있는 것은 기품에 과불급이니 사단칠정에 본래 두 가지 뜻이 있는 것이 아니라고 보고 있다."

그들의 주장이나 생각에 상관없이 논쟁한 자체만으로도 얼마나 행복했을까. 서신으로 오고간 그들의 편지에는 유학자로서 서로를 비판하기보다는 각자의 주장을 서슴없이 펼치고 상대방의 생각을 역으로 생각했을 것이다. 직접 대면했는지는 모르겠으나 편지를 쓸 때는 서로를 그리며 행복한 미소를 지었을 것이다.

사람들은 종교와 신에 대하여 논쟁을 한다. 성직자와 학자들 간에 하는 논쟁은 어떨까. 만들어진 신·이름 없는 하느님·우주에는 신이 없다·스스로 있는 신·종의기원 신의기원 등의 저자들이 주장하고 비판하는 것을 보면, 양쪽 다 일리가 있고 어떤 면에서는 과한 주장이나 비판이라는 생각도 든다. 그렇지만 그들은 자신들의 생각이나 체험을 바탕으로 주장하는 것이기에 누가 잘못되었다고 할 수는 없다. 그들은 분명 진리의 벗이 될 수는 없지만 인류와 사회에 필요한 사람들이다.

우리는 살아오면서 여러 사람과 만나고 대화를 나눈다. 그 만남이 세 사람 이상이 되면 일반적인 이야기가 주를 이루기에 깊이 있는 대화는 어렵다. 그러나 두 사람만의 대화에서는 주제나 내용이 어떻든 간에 진솔한 대화를 할 수 있다.

해는 길어지고 산천은 녹음으로 짙어가는 어느 날 저녁, 나는 한 직원과 함께 보련산을 갔다. 1시간쯤 산을 올라 전망대에 도착했다. 휘영청 달 밝은 밤, 전망대 정자에서 막걸리 한잔하면서 지나온 시절을 회고하며 나누는 대화는 진심 그 자체였다. 우리의 대화에 괴리가 클 줄 알았는데 공감하는 면이 많았다. 그 직원의 새로운 면을 알게 되고 그도 나의 다른 면을 알았을 것이다. 병환으로 고생하시는 그의 부친 이야기를 들었을 때는 안쓰러운 마음으로 내 부모님을 보는 것 같았다. 그와 나는 벗은 아니지만 오랜만에 진솔한 대화를 나누었다. 그 상대가 누구이든 간에 두 사람의 대화는 진지하다.

세상·우주를 바라보면서 내게도 한 번쯤 진리의 벗이 있었으면 하고 바란 적이 있다. 사람마다 추구하는 이상이 다르기에 나와 같이 생각하는 사람은 없을 수도 있다. 그렇지만 나는 진리의 벗을 기대하고 찾아보겠다. 진리의 벗을 못 만날지라도 그러한 과정에서 또 다른 진리의 삶을 살아갈 수 있지 않을까.

마음의 울타리

　사람들은 주변인을 이야기하거나 평할 때 마음이 어떠하다고 한다. 그 사람은 '마음이 넓다, 마음이 좋다, 마음이 콩알만 하다, 마음이 옹졸하다'는 말을 한다. 마음이 넓다는 것은 마음이 좋다는 뜻으로, 마음이 좁다는 것은 마음이 좋지 않다는 의미라고 본다. 정말 사람에 따라 마음의 넓이나 깊이가 있을까? 분명 있을 것 같은데 사람마다 차이가 많을 것이다.

　우리는 살아오면서 보이지 않지만 마음속에 울타리를 치고 산다. 가정과 학교, 지역과 사회, 대인관계 등에 따라 자기 나름대로 경계를 그어놓는다. 굳이 울타리를 만들려고 한 것이 아니라 자신도 모르게 환경 따위에 영향을 받아서 그렇게 된 것이다. 좋아하는 사람은 자기 울타리 안에 넣고, 싫어하는 사람은 배척하듯이 마음의 울타리가 견고하게 처진 것이다.

　누구나 마음에는 한계가 없으나 주거생활에서 담장이 있듯이 불분명하지만 마음의 울타리가 있게 마련이다. 이를테면 사람마다 마음이 있는 공간을 창고나 논밭에 비유한다면 이러하다. 농부가 논밭의 면적은 일정한데 여러 가지 곡식을 무제한으로 심을 수는 없다. 그래서 알맞은 양의 곡식을 적당한 면적에 재배한다. 창고도 이와 같이 비어 있는 공간에 물건을 적치할 수 있다. 기존에 있는 물건이 나가야 새로운 물건을 넣을 수 있다.

마음에도 이와 같은 울타리가 쳐져 있다. 평범한 일상생활에서는 마음의 울타리가 있는 줄도 모른다. 어려움이 닥치거나 슬픔에 직면했다거나 스트레스를 받을 때 확연히 드러난다.

내 마음속에는 무엇이 차 있을까? 특별히 생각나는 것은 없다. 이렇게 모호한 것이 마음이기도 하다. 분명 무엇이 담겨 있는데 의식하지 못하거나 잡다한 것이 많아서 정리되지 않을 수도 있다. 일·사람·꿈·희망·음악·스포츠·아쉬움·처절함·분노·고뇌·복잡한 감정 등 다양하다.

마음속에 일이 90% 이상이면 일에 중독된 일벌레다. 이런 사람은 일 외에는 다른 것이 들어갈 마음의 공간이 없다. 사랑하는 사람이 자신의 마음을 50% 이상 점령하면 사랑에 빠진 사람이다. 사랑이 마음의 대부분을 차지하면 사랑하는 사람들은 '그대 없이 백년을 사는 것보다 그대와 함께 하루를 사는 것이 낫다'고 한다.

조직 생활에서도 어렵고 고민스런 업무가 있으면 마음의 여유가 없다. 그 일이 해결될 때까지 딴 생각할 겨를이 없다. 마음의 문을 닫아 놓았기 때문이다. 닫으려고 한 것이 아니라 자동문처럼 닫힌 것이다. 마음의 문이 닫혀 있어 다른 무엇이 들어올 수 없다. 그래서 걱정하고 스트레스 받고 괴로워하고 화내고 무기력해지기도 한다.

가끔 언론에 "학부모, 자녀를 구타한 선생님 폭행"이라는 제하의 사건을 접할 수 있다. 세상에 어떻게 학부모가 선생님을 폭행하느냐고 허탈해지기도 한다. 또한 오죽하면 학부모가 선생을 폭행했을까 하는 사람도 있다. 진실을 다 알 수는 없으나 불행한 현실이다.

일반적인 생각으로는 학생이 잘못했을 것이고 선생님이 선도 차원에서 관여했는데 감정을 잘 다스리지 못하여 그리되었을 것이다. 선생님이나 학생의 마음은 제쳐두고 선생을 폭행한 학부모의 마음은 어떨까? 그 부모는 자식 사랑이 남다르고 자식을 애지중지한다는 말이 어울릴 것이다. 자식이 부모의 분신이고 희망이며 선생님의 구타는 자신을 구타한 것으로 생각했을 수 있다. 그 부모의 마음속에는 자식만 있었지 선생님은 전혀 없다. 마음의 울타리를 그렇게 쳐 놓았기에 그리된 것이다. 또한 마음의 울타리를 견고하게 달아 놓았기에 폭발할 수밖에 없었을 것이다.

조직 생활을 하다보면 정말 안타까운 사람이 있다. 마음의 울타리가 교도소 담장같이 견고한 사람이다. 어떤 일을 추진하거나 문제가 생겼을 때 자기 생각 외에는 다른 사람의 의견을 들으려고 하지 않으니 소통이 되지 않는다. 대화 자체가 되지 않으니 합리적인 해결방법이 있는데 어렵게 우회하며 살아가는 격이다. 이런 사람들은 한쪽만 보고 가니 함께하는 사람들은 얼마나 피곤한가.

마음의 울타리가 견고한 사람일수록 사람을 의심하고 불신하는 경향이 있다. 세상을 자기중심에서만 바라보니 마음이 편협하고 편중되며 시야가 짧다. 자기 것밖에 모르고 눈앞에 있는 조금만 것만 생각하니 화합이나 공분 면에서 볼 때 참 불행한 사람이다.

이런 사람이 심성이 나쁜 것은 결코 아니다. 원인이 있다면 살아온 환경을 탓해야 한다. 단적인 예로 단조롭고 폐쇄적인 환경에서 어린 시절, 청소년 시절을 보냈다면 더구나 삶에 어려움이 많았다면 다분히 그렇게 될 수밖에 없다. 자기도 모르는 사이에 마음의 울타리가 견고하게 쳐졌다면 쉽게 허물 수는 없겠지. 마음의 울타리는 자신이 부단히 노력하여 허물어야 한다. 현재와 같이 산다 하여도, 자신은 어려움을 모를지라도 먼 훗날에 한 번쯤은 후회할 것이다.

사람의 마음속에는 여러 가지 잡다한 것이 많다. 그동안 살아온 환경과 생활에서 생겨난 것이다. 다양하고 많은 잡동사니가 잘 정리된 사람도 있지만 온 사방 널브러진 사람도 있다. 마음이 물건을 정리하듯 잘 정돈된 사람은 평온하고 침착하며 매사에 흐트러짐이 덜하다. 반면에 마음이 아이들 장난감처럼 온 방에 흐트러진 사람은 산만하고 급하며 냉온탕을 오가는 것 같다.

누구나 자신이 좋아하는 것을 하려고 한다. 일도 그렇지만 취미 생활에서는 확연히 나타난다. 정상적으로 취미 생활을 하는 사람은 마음에 여유로움이 있다. 살다 보면 어떤 이유에서건 스트레스를 받는 경우가 있다. 그때의 일상을 돌아보면 자신이 좋아하는 취미 생활을 전혀 하지 않았다는 사실이 두드러진다. 평소 마음은 용량이 한정되어 있는 듯한데 새로운 것이 들어오거나 어떤 것에 집착하면 기존의 것이 멈출 수밖에 없다. 이러한 현상은 그 하나로

말미암아 마음의 울타리를 더욱 견고하게 치는 격이다. 다양하고 폭넓은 생각과 주위를 돌아보는 여유가 있어야 마음을 잘 다스릴 수 있다.

스포츠 경기에서 우리 편이 졌을 때 허탈하고 우울할 수 있다. 스포츠 자체를 즐기지 못하고 승부에만 집착하여 그렇겠지만 이는 모든 사람들이 갖는 공통적인 현상이다. 사람은 감정의 동물이라서 하루에도 몇 번 감정이 왔다 갔다, 오르락내리락한다. 슬픈 감정이 쌓이다 보면 자신도 모르게 우울증으로 변한다. 사람은 감정의 기복이 심하여 누가 우울한지 가까운 사람도 잘 모른다.

몇 년 전 어느 날, 나는 아내에게 어느 연예인이 우울증을 앓았다는 말을 했는데 아내는 '자기 마누라가 우울했다'는 사실을 모르면서 어이없다는 듯이 혼자 말을 한다. 그때 참 미안한 생각이 들었다. 한편으로 내색은 안 했지만 '나도 극도로 우울할 때가 있었다'고 당신은 알기나 하니, 속으로 말하고 있었다.

우울증은 모든 사람에게 있다. 세상을 살다 보면 시기와 정도만 다르지 우울하지 않는 사람은 없을 것이다. 일시적인 우울은 괜찮겠지만 우울한 감정이 겹치고 지속되면 우울증으로 변하기 마련이다. 우울증이 마음의 대부분을 차지하면 결국에는 자살로 이어질 수 있다. 자살의 원인 중에 하나가 우울증이다. 이런 불행을 미연에 막기 위해 우리는 주변 사람들에게 관심을 가져야 한다. 대화를 자주 많이 하고 여행이나 취미 생활 등 생활의 변화를 괴하는 것이 무엇보다 중요하다.

나는 어떤 해야 할 일이 있으면 그것 때문에 고뇌하고 걱정한 경우가 있었다. 그 일을 해결되었을 때 일시적으로 홀가분한 면도 있지만 너무 한가하여 따분하고 무료하기도 했다. 참 마음이란 건 알다가도 모를 일이다. 내 마음의 넓이나 깊이가 좁고 얕다는 것을 느낀다.

우리는 대인관계나 일하는 과정에서 본의 아니게 마음의 상처를 받는다. 마음의 상처를 줄이려면 마음을 넓게 가지는 것이 원칙이지만, 여러 가지 업무를 하면서 이들을 서로 연계하기보다는 별개의 사안으로 분리해서 대응하는 것이 바람직하다. 연계하면 좋은 것도 덩달아 나쁘게 보일 수 있고, 분리하면 마음이 분산되고 넓어지는 효과가 있어 상심이 줄어든다.

마음의 울타리는 삶의 장애다. 마음의 문을 열어놓고 벽을 허물어야 한다. 이 또한 쉬운 일이 아니지만 주변에서부터 마음의 반경을 서서히 넓혀야 한다. "기도하는 사람은 하느님의 은혜를 담을 수 있을 만큼 마음이 넓어진다."고 한 마더 테레사의 말처럼 기도나 명상이 마음을 넓히는 한 방법이 될 수 있다. 웅덩이를 휘저으면 흙탕물이 되듯이 사람의 마음도 이와 같다. 우리는 마음속에 그 사람을 갖고 있다. 그 사람의 성격이나 개성 등 장단점을 알고 있다. 단점은 가급적 버리고 장점을 많이 보는 것이 현명하며 이 또한 마음을 넓히는 방법이 아닐까.

자연과 마주하는 마음에는 미움과 분노가 없으며 사랑과 평온이 있다. 사람 사이에는 좋은 감정도 있지만 나쁜 감정이 존재하기 마

련이다. 사람과 함께하는 조화로운 삶을 이어가기 위해서는 마음의
울타리를 걷어야 한다. 마음이 좁아지면 심비색증이 되어 병이 된
다. 마음을 무한대로 넓히면 무한 우주도 마음으로 품을 수 있다.
세상을 넓게 보고 전체를 보며 살아야 한다.

이름과 애칭

　자신의 이름에 만족하는 사람이 얼마나 될까? 이름을 소중히 여기고 만족하는 사람도 있겠지만 대다수는 아쉬움이 있을 것이다. 이름은 부모나 작명가가 본인의 의사와는 상관없이 지었기에 만족하지 않을 수도 있다. 이름에 담긴 뜻이 심오하다고 해도 부르기가 어렵거나 남녀의 성에 상반되거나 이름에 어떤 것이 연상된다면 더욱 그렇다.

　전통적으로 우리나라 사람들의 이름은 유교문화와 밀접한 관계가 있다. 가문을 중시하고 족보를 체계적으로 관리하다 보니 이름은 항렬에 따라 돌림자로 지어야 했다. 후손이 번창한 집안에는 같은 이름이 심지어 한자까지 똑같은 이름도 있다. 상대적으로 여자는 출가외인이라 돌림자를 따르지 않을지라도 이름의 수효는 한정되었으며, 더러는 부르기가 촌스럽고 천한 이름도 있다. 이름에 수난을 겪은 사람들은 자식의 이름만큼은 멋지게 지으려는 의지가 마음속에 남아 있었으리라.

　요즘은 예쁘고 독특한 한글 이름도 많고 본인이 자신의 이름이 맘에 안 들면 개명하는 시대가 되었다. 사실 이름은 중요하다. 남들이 평생을 불러주기에 이름의 이미지가 그 사람에게 많은 영향을 미친다. 강산이 몇 번 바뀌어도 우리는 자신의 이름을 말하기가 쑥스럽거나 연장자의 이름을 부르기가 어려울 때가 있다.

옛사람들은 이름을 소중히 여겨 함부로 부르지 않는 습성이 있어 이름 외에 자나 호를 사용했다. 보통 시골에는 처가나 고향 이름을 붙여서 그 집 어른을 부르는 택호가 있다. 또한 어린 시절에는 친구들이 사람의 외모나 성격 따위의 특징을 따서 부르는 별명도 있다. 사이버 세상에는 아이디와는 별개로 닉네임을 사용한다.

별명은 본인의 의사와는 관계없이 상대방이 붙여주는데, 본인은 대부분이 싫어하나 부르는 사람은 반 놀림을 섞여 즐겨한다. 키 크다고 키다리, 뚱뚱하다고 돼지, 미련하고 우직스럽다고 불곰, 남자아이가 수줍음이 많으면 색시, 부끄러움이 없는 여자아이에게는 아줌마 등 다양하다.

별명이 없는 사람이 특징이 없거나 괜찮을까? 그렇지만은 않을 것이다. 남들과 구별되는 특징이 있었는데 주변 사람들이 발견하지 못했을 뿐이고, 별명이 없어 마음고생은 없겠지만 추억이 하나 부족했을 테니까. 별명도 이름과 마찬가지로 어린 시절에는 맘에 안 들고 싫었다 해도 많은 세월이 흐르면 잊을 수 없는 소중한 옛이야기가 된다.

내 고향마을은 경북 예천에 있는 수심(지만)리다. 우리 할아버지의 택호는 '지동'이다. 잘은 모르지만 아마 할아버지가 본 동네인 지만리로 장가를 들어서 그런 것 같다. 마을사람들은 할아버지를 지동어른이라 불렀으며 할머니를 지동댁이라 했다. 지금은 저세상 사람이 되어 기억이 흐릿하지만 나는 그분들의 이름은 몰라도 택호는 알고 있다. 구산, 두곡, 송계 등 금방 떠오르며 누구네 할아버지인지도 안다.

내 부친이 40대 초반일 무렵에 택호를 지어왔는데 우리 동네 이름인 수심의 심과 외가동네인 연천의 천을 따서 '심천'이었다. 집에서나 동네에서 권위가 있었던 어머니가 택호가 맘에 안 든다고 하는 바람에 아버지의 택호는 다시 짓지 않아서 없다. 우연의 일치인지는 모르겠으나 우리 동네 아버지 이후 세대는 택호를 가진 사람이 없다.

호는 문필가나 역사서를 저술한 사람들에게서 많이 볼 수 있다. 역사나 문학을 공부할 때 올바르게 이해하고 감상하는 것이 중요한데 그 당시에는 시험에 나오고 하니까 보탬이 되지 않는 저자의 호까지 외웠다. 월사 이정구라든가 '이화에 월백하고'를 지은 이조년의 호는 매운당 등 자동으로 외웠다. 금석학과 서예로 유명한 김정희는 완당, 추사, 예당 등 호가 여덟이나 된다.

나는 아들만 둘을 두었다. 둘째 녀석이 꼬마였을 때 꿀돼지같이 잘 먹고 심성이 착하라는 의미로 '꿀심이'라는 애칭으로 불렀다. 그당시 녀석은 아무것도 몰랐지만 아내도 그렇게 가끔 불러 주었다. 잘한 일인지는 모르겠으나 아랫집 중학생이던 윤경이가 아저씨는 아이디어가 기발하다고 한 이야기를 들었을 때 기분이 나쁘지 않았다.

우리 아이들은 돌림자가 '근' 자라서 가끔은 근칠이, 근팔이라고 부른 적이 있다. 그러면 아이들은 하인이나 머슴의 이름 같다며 투덜거렸다. 기분이 안 좋을 때 둘째 녀석은 "아버지께 정칠이, 정팔이라고 부르면 기분이 좋으세요?" 하며 맞받아친다. 그 투덜거리는 반응을 보려고 불렀는데 이제는 이해하는 것 같다.

출근하여 컴퓨터를 켜면 하이포탈 메신저 창에 대화를 나누거나 쪽지를 전할 수 있는 두 사람이 뜬다. 나는 기계치이며 인터넷에 익숙하지 않아 그것은 내가 설치한 것이 아니라 우연히 그들이 설치했다. 가끔 동료들로부터 쪽지를 받지만 나는 곧바로 답장을 보낼 수 있는 능력이 안 된다. 쪽지 대화를 하다가 답답한 쪽은 나니까 바로 전화한다. 나는 또 휴대폰 문자를 받으면 그냥 지나치거나, 꼭 전해야 할 일이 있으면 전화한다. 나는 분명 사이버시대를 살아가는 숲 속의 촌부에 불과하다. 그래도 그리 불편하지는 않다. 평상시 TV도 보지 않으니 내 방식대로 살아갈 따름이다.

메신저 창에 있는 한 사람이 내가 좋아하는 서 차장이다. 그녀와는 1년 정도 옆자리에서 근무했다. 연령으로 보면 그녀는 나보다 10년하고도 몇 년이 젊다. 우리는 세대를 뛰어넘어 대화가 통하여 많은 이야기를 나누었다.

그녀의 닉네임이 처음에는 'lucky lucky girl'이었다. 나는 그것을 보고 확실히 자신을 잘 표현하고 행운이 있는 사람이라고 느꼈다. 옆에 있는 나에게도 행운이 전해오는 것 같았다. 해가 바뀌고 그녀는 지사 근무를 하게 되었는데 닉네임이 '앗싸비요'로 바뀌었다. 나는 속으로 비가 오니 즐거워서 그렇게 했다고 생각했다. 또 시간이 흐르고 이번에는 '열받았음'으로 되어 있었다. 옆 파트나 동료, 부하 직원이 열 받게 했거나 심지어 민원인이 떼를 써서 불편한 심기를 표출하지 않았나 싶다. 그 후 닉네임이 또 바뀌었다. 이번에는 '운명 vs 노력'이었다. 철학적으로 많이 성숙한 것 같다. 현장 근무의 어려움과 조직 업적 평가를 비롯하여 하라는 업무가 많으니 운명적으로 받아들이고 최선을 다하자는 다짐으로 닉네임을 변화한 것 같다. 그 후 '체력은 국력'으로 바뀌었다. 휴직하고 미국으로 가더니 '영원한 것은 없다'로 되었다가 복귀해서는 'All by myself(개그콘서트의 '오빠 만세'가 연상된다)'로 바뀌었다. 앞으로 서 차장이 끊임없이 자신을 업그레이드하고 변화되는 닉네임을 기대해 본다.

누구나 닉네임이 있다. 닉네임은 자기 자신이 결정하니 가장 좋은 이름이 아닐까. 나의 닉네임은 주변 사람들의 인식에 상관없이 '너는 내 운명'이다. 그렇게 결정한 것은 〈인간극장〉에서 농사짓는 할머니와 소의 관계를 보고 우리의 삶이 힘들더라도 만나는 사람과의 관계가 운명적이고 기적으로 받아들이는 것이 편해서다. 세상에는 좋은 만남도 있지만 껄끄러운 만남도 상당히 많다. 좋은 만남은 더욱 아름답게 껄끄러운 만남일지라도 그들을 이해하면 험하고 힘든 세상에 그들과 나의 영혼이 상처는 덜 받을 것 같아서다.

우리는 이름 외에 상대방을 부를 때 애칭을 사용한다. 친근하고 잘 아는 사람에게는 더욱 관심을 갖는다. 그런데 내 입장에서 상대방의 의사와는 관계없이 함부로 부르는 경향이 있다. 부르는 사람은 애칭이라 하더라도 상대방이 싫어하는 것이라면 삼가야 한다. 친근한 관계일수록, 자신보다 약한 사람일수록 애칭에 신경을 써야 한다. 애칭은 아무렇게나 불리는 별명이 아니라 상대가 좋아하는 친근하고 다정하게 부르는 또 다른 이름이어야 한다.

상에 대하여

신상필벌은 지극히 당연한 말이다. 신상필벌이 공정하다면 그 사회와 조직은 올바르고 건강하다. 상은 뛰어난 업적이나 잘한 행위를 칭찬하기 위하여 주는 것으로 무엇보다 상을 받는 사람에게는 보람이 있다.

사람은 일생동안 몇 번의 상을 받을까? 열 번 이상 받는 사람도 있지만 한 번도 못 받는 사람이 더 많다. 상을 자주 받는 사람은 상대적으로 상의 의미가 덜할 것이고, 상을 처음 받는 사람은 더 소중할 것이다. 상을 받아보지 못한 사람은 그 느낌을 알 수 없겠지만 그렇다고 그 사람이 공이 없다고 말할 수 없으며, 다만 상이 없는 분야의 일을 하며 살았을 뿐이다.

상에도 종류나 등급이 있다. 상의 종류는 워낙 많아서 분류하기가 어려우며 일반적으로 학문 분야의 상, 국가기관이 주는 상, 사회단체나 회사에서 주는 상 등이 있다. 초등학교만 보더라도 학년을 마칠 때 주는 우등상 등 얼마나 많은가. 심지어 효도편지쓰기상, 일기상, 다독상, 착한어린이상 등 만들면 된다.

상은 받는 데 의미가 있다지만 사람들은 권위나 등급을 따진다.

사람들이 가장 받고 싶은 상은 노벨상일 것이다. 노벨상은 세계 인류에게 지대한 공적이 있어야 하니까. 우리나라에서 주는 상으로는 정부 포상일 것이다. 정부 포상은 훈장, 포장, 대통령 표창, 국무총리 표창이 있다.

초등학교에 다니는 자녀를 둔 부모는 아이가 상을 받으면 학교를 마치고 곧바로 달려와 출입문을 박차고 들어오며 "엄마 나 상 받았어요" 하는 모습을 보았을 것이다. 아이가 자랑하고 좋아하는 모습이 얼마나 대견스럽고 아름다운가. 상은 적재적소에 잘 수여되면 또 다른 예술이 된다.

상 받는 것도 운이 있어야 한다. 흔히들 일복과 상복이 있다고 한다. 일복은 남의 일을 떠안는다는 느낌을 주는 것으로 좋은 뜻으로 쓰지는 않는다. 일을 열심히 하고 공적이 있는 사람에게 상이 주어지는 것은 당연하다. 상은 열심히 일하는 사람에게 돌아가지만 간혹 그렇지 않는 경우도 있다. 그래서 상복이라는 말이 생긴 것 같다. 누구나 좋은 것은 가지려고 하고, 나쁜 것은 맡으려고 하지 않는다.

어떤 업무를 추진하였거나 평가를 잘 받으면 포상이 따른다. 이때부터 논공행상이 시작된다. 말로는 실무자와 하위직 우선으로 포상 대상자를 선정한다고 하지만 실제로는 힘 있는 자에게 돌아간다. 상복이 있다는 것은 자신이 열심히 일했을 때 그에 맞는 상이 있어야 하며, 자신보다 더 열심히 일한 사람이 상을 받아야 되지만 그 사람이 어쩔 수 없이 받지 않을 때 운 좋게도 받는 경우다.

가령 이미 장관 표창이 있는 사람이 이번에 장관 표창 대상자가 되어도 그는 그 이상의 상을 받으려고 하기에 자연적으로 상을 양보한다. 간혹 상을 받아야 될 사람이 못 받는 경우도 있다. 어쩌면 상을 강탈당했다고 하는 표현이 맞을 것 같다. 그 업무와는 별 관계가 없으며 공적도 없는 사람이 직위가 높다는 이유만으로 받는 경우다. 권위가 있는 상일수록 더욱 그런 경향이 있다.

나는 직장 생활을 하면서 다섯 번 상을 받았다. 처음에는 상에 대한 애착도 크지 않았으며 상을 주니 받은 것 같다. 몇 년 전까지만 해도 상에 관심이 없었으나 1년 사이에 세 번의 상을 받은 기억이 새롭다. 돌이켜보면 내게는 뜻깊은 소중한 상이다. 1년 동안에 상을 세 번 받는다는 것은 우연의 일치일 수도 있겠으나 행운이 있었다고 봐야 한다. 2007년 12월에 사장 표창을 받았고, 2008년 11월에는 고속도로 건설공사 유공으로 장관 표창을 받았으며, 같은 해 12월에는 고충민원 업무 유공으로 국무총리 표창을 받았다.

내가 받은 가장 의미 있는 상은 국무총리 표창이다. 이 상이 정부 포상이라서 그렇다기보다는 상장을 바라볼 때마다 업무의 소중한 추억이 되살아나서 그렇다. 나는 2년여 동안 국민고충처리위원회에 파견근무를 하면서 360여 건의 고충민원을 처리하였다. 그 과정에서 민원인들의 애환과 전국토의 아름다운 산하가 그리워서 그런 것 같다. 그때는 힘들었어도 업무 처리를 하면서 만난 사람들이 정말 소중하며 영원히 잊을 수 없다.

상을 떠올리면 어린 시절, 나와 직접적인 관계가 없는 친구의 아

픈 사연이 생각난다. 봄 방학을 며칠 남겨두고 친구는 내게 그 이
야기를 해 주었다. 그 시절 초등학교는 졸업식을 제외하고는 특별
한 상이 없었으며 종업식 때 우등상, 개근상이 고작이었다. 우등상
은 쉽게 말해 공부 잘하는 어린이에게 성적순으로 주는 것으로 열
명에 한 명 정도 주는 상이다. 나도 공부를 썩 잘하는 편은 아니지
만 거의 매년 우등상을 받았던 것 같다.

친구의 이야기는 이렇다. 3학년 때 친구네 반 담임선생님이 우등
상을 받을 어린이를 미리 알려주더라는 것이다. 그 친구도 우등상
대상자에 포함되어 좋아했단다. 그런데 그 다음 날 우등상 대상에
없던 다른 친구의 할아버지가 담임선생님을 찾아 뵌 후 그 친구는
대상에서 제외되고 말았다는 것이다(사실을 확인할 수는 없지만).
어째서 그렇게 되었는지는 모르겠으나 그 친구는 서운하고 많은 상
처를 받은 것 같았다. 어떤 착오가 있었는지, 선생님은 왜 사전에
대상자를 알려주어 그런 불상사를 생기게 했는지 참 신중하지 못
한 것 같다.

모든 일이 공정하고 엄정하게 처리되고 결정되어야 하지만 상은
더욱 그렇다. 상은 받아야 할 사람에게 주어야 한다. 사람은 남에
게 과시하고 싶은 명예욕이 강하다. 정당하게 얻는 명예는 찬사를
받아야 한다. 하지만 어떤 사람은 돈으로 상을 사는 경우도 있다.
진실이 가려지고 남에게 보이기 위한 상은 그냥 종이어 불과한데도
말이다.

상은 많은 사람에게 주면 의미가 없으며 극소수에게 주기에 상으

로서의 가치가 있다. 상도 결국은 사람이 정하기 때문에 수상자는 영광이겠지만 대상에서 제외된 사람은 섭섭함이나 불만이 있게 마련이다.

이 세상에서 제일 좋은 상은 사람이 주는 상이 아니라 자연, 우주, 하느님, 부처님이 주는 상이 아닐까. 그렇지만 하느님·부처님은 상에 관여하지 않으니 상을 받을 수 없다. 우리 주변에는 남모르게 일하는 사람들이 많이 있다. 그들에게 하느님·부처님은 상을 주고 있을 것이다.

무소유

무소유는 가지지 않음을 뜻하지만 그 함의는 훨씬 높고 크다. 무소유를 생각하면 법정 스님을 생각하지 않을 수 없다. 스님이 세상과 인생에 대해 쓴 《무소유》는 지나치게 소유에 집착하는 현대인들에게 삶의 깨우침을 준다. 무소유의 의미를 약간 달리하면 세상과 더불어 살아가는 삶에서 참된 이익을 얻으라는 가르침이다. 무소유는 '아무것도 가지지 않을 때 비로소 온 세상을 갖게 된다'는 것이지만, 어찌 생각하면 난해하고 실천하기도 쉽지 않다.

무소유에 대한 나의 생각은 이러하다. 인생길이 '아시안하이웨이'라고 한다면, 우리는 이 길을 가야 하고 쉼 없이 가고 있다. 어디까지 갈 것인지는 알 수 없지만 빠르고, 안전하고, 편안하게 가는 것은 각자가 판단하고 선택해야 한다.

인생의 여정인 하이웨이를 걸어가는 사람도 있지만 대부분의 사람들은 차를 타고 갈 것이다. 그러려면 기본적으로 자기 자신에게 알맞은 차와 연료가 필요하다. 그런데 사람들은 보다 튼 차를 원하고 많은 연료가 있어야 안심한다. 긴 여정에서 어떤 난관에 부딪칠지 모르니까 불안해서 그렇다. 심지어 연료를 싣는 차도 또 필요하다고 생각하며 차를 자꾸 증가시키고 그에 수반되는 부속품도 늘어난다. 이와 같이 사람들은 불필요하고 짐이 되는 것을 소유하며 살아간다. 무소유는 가지지 않는 것이 아니라 필요하지 않는 것을 덜어내는 것이다.

무소유의 삶을 일찍부터 실천하면 좋을 텐데 현실은 그렇게 녹록지 않다. 인생은 공수래공수거(空手來空手去)라는 말이 있듯이 사람은 빈손으로 태어나서 빈손으로 떠난다. 어떤 사람은 부모 잘 만나 태어나면서부터 많은 재산을 갖기도 하지만, 대부분의 사람들은 어린 시절은 부모에게 의지하고 장성해서는 스스로 살아가야 한다. 게다가 가족을 부양해야 하니 삶이 힘들 수밖에 없어 무소유와는 거리가 멀다고 보는 것이 맞지 않을까.

노숙자나 하루하루의 생계를 걱정하고 고용이 불안한 근로자에게 무소유를 말할 수 없듯이, 대부분의 사람들은 무소유의 삶에 해당이 안 될 수도 있다. 우리나라가 경제대국에 진입했다고 하지만 여유로운 삶을 사는 사람들은 그리 많지 않다. 무소유의 삶은 부양가족이 어느 정도 자립한 후에 생각해 볼 일이다. 우리는 남들은 잘 살고 여유가 있다고 하는 반면에 자신은 그렇지 못하다고 생각한다.

어쨌든 무소유의 삶을 실천할 때 온 세상을 갖게 되는데, 우리는 돈과 권력에 너무 집착하여 일상생활에서 생겨난 습으로 인해 아집을 버리기가 쉽지 않다. 사람은 오랫동안 소유의 삶에 동화되어서 그 울타리를 쉽게 허물 수 없는 형국에 처해 있다. 생활에 여유가 있어야 무소유를 실천할 수 있을 테데. 돈의 여유가 있는 사람은 마음의 여유가 없고, 마음의 여유가 있는 사람은 돈의 여유가 없다.

무소유를 우리 몸에 비유하면 비만이나 저체중이 아닌 정상적인 체력이다. 우리는 전혀 불필요한 기름덩어리를 달고 살아간다. 몸이 비만하면 평상시에는 느낌이 덜하더라도 운동이나 등산을 해 보면 훨씬 힘들다는 것을 안다. 홀가분한 몸을 유지하려면 많은 노력과 꾸준한 운동이 필요하듯, 무소유의 실천은 현실의 벽을 넘어야 하는 고뇌와 어려움이 뒤따른다.

부양가족이 있는 사람은 홀로 사는 사람보다 무소유를 실천하기가 어렵다. 경제적인 능력을 떠나서 가족의 동의를 얻어야 하니까. 가족이 일심동체가 되어 무소유를 실천한다면 모를까 그렇지 않으면 갈등이 많을 것이다. 가족 하나 제대로 부양하지 못하면서 무소유를 실천한다고 핀잔듣기가 십상이다.

2008년도에 월드비전을 통하여 아프리카 먼 나라 스와질란드의 한 아동을 후원하게 되었다. 우연히 기아체험 TV 방송을 시청하다가 기아에 굶주리는 아동들이 너무 측은하여 참여하게 되었는데 정말 잘한 것 같다.

우리 주변에도 도움을 필요로 하는 사람들이 많다. 사람이 많이 다니는 길목이나 전철을 타보면 쉽게 볼 수 있다. 우리는 먼 나라에 있는 사람들은 도와주고 가까이 있는 사람들에겐 인색한 것 같다. 많은 사람들이 도움을 요청하고 누가 진정으로 어려운 사람인지 신뢰하지 못하기에 그런 감도 있다. 이런 현실은 정말 도움을 필요로 하는 사람이 설 자리를 없게 만든다. 누구나 무소유를 실천하고 싶지만 여러 사정으로 동참하지 못하는 자신을 미워하며 사는지도 모른다.

직장에서 은퇴 시기가 다가오면 사람들은 노후를 준비하라고 말한다. 노후라는 것이 건강은 물론 경제적으로 안정되게 살라는 의미가 강하다. 또한 경제력이 있어야 사람답게 산다고 생각한다. 노후 준비가 되지 않는 사람이 어떻게 무소유를 실천할 수 있을까. 노후를 알차게 준비하고 어느 세월에 무소유를 실천할 수 있을까. 평범한 사람들에게 있어 무소유는 언어도단에 불가할지도 모른다.

사람들은 미래에 닥칠지도 모르는 사고나 병고, 재난을 걱정하며 살아간다. 지금은 안정되게 살고 있지만 어떤 어려움이 있을지 모르기에 더욱 소유에 집착한다. 자신이 얼마동안 삶을 영위할지도, 불확실한 미래에 어떻게 될지도 모르기에 선뜻 무소유를 실천하기가 어렵다. 국가에서 노년의 어느 시기부터 기본적인 생활을 할 수 있게 대책을 마련한다면 보다 많은 사람들이 무소유를 실천할 수 있을 텐데 그러한 복지국가는 시기상조다.

누구나 언젠가는 죽음을 맞이하고 죽으면 아무것도 가져갈 수 없다. 이를 잘 알지만 사후에 남은 재산을 사회에 환원하기란 쉬운 결정이 아니다. 남아 있는 가족을 걱정해야 하기에 더욱 그렇다.

사후 재산을 사회에 환원하는 사람은 무소유를 실천하는 사람임에는 틀림없다. 그런데 살아 있을 때 나눔과 베풂을 실천하는 사람은 그에 따른 보람이나 즐거움을 함께하지만, 죽은 후에 재산을 환원하는 것은 마음은 거룩하나 정작 자신은 무소유의 느낌이 덜할 수 있다.

무소유는 자신의 희생을 강요하는 것이 아니다. 무소유는 소유가 극히 필요하지 않는 부분이 있다면 그것을 나누고 베푸는 삶이다. 무소유는 몸과 마음을 건강하게 하고 더 나아가 번뇌를 없애주며 참으로 홀가분한 삶이 될 것이다.

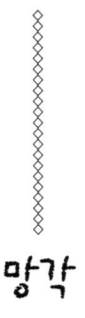

망각

세상에서 가장 무서운 것이 무엇일까? 초등학교 때 선생님이 물으셔서 망설이다가 사람이라고 한 적이 있다. 선생님은 의아하게 생각했는지 옆 친구도 무섭냐고 되물었다. 사실 초등생이라면 호랑이 정도가 적당한 답이 아닐까. 그때 생각으로는 밤중에 사람을 만나거나 외딴 길에서 낯선 사람을 떠올리며 그렇게 대답한 것 같다.

그런데 책 속의 이야기에는 망각이 세상에서 가장 무섭다는 것이다. 그 의미를 쉽사리 이해할 수 없었지만 세월이 흐르니 공감이 간다. 어떤 일이나 사실을 잊어버리거나 기억 속에서 잊힌다면 얼마나 무서울까? 기억은 시간이 지남에 따라 서서히 잊히면 덜하겠지만 갑자기 잊히면 무서움을 넘어 두려울 것이다.

젊었을 때 기억력에는 자신 있었던 것 같은데 이제는 생각이 잘나지 않을 때가 있다. 특히 사람의 이름에 대해 갑자기 말하려면 입가에 맴돌면서도 떠오르지 않는다. 세월이 흐르면서 한창 일할 나이가 지났으니 그런 것 같다. 갓 입사하여 신입 직원교육을 받을 때 안병욱 선생의 강의 중 "총명한 머리보다 둔필이 낫다."는 말씀이 절실하게 다가오는 처지가 되었다. 그래서 나는 일상생활에서 떠오르는 생각이 있으면 바로 메모해 둔다.

망각은 정말 무서운 것이다. 망각과 연상되는 것이 치매다. 치매는 의학적으로 정상적이던 지능이 대뇌의 질환으로 저하되어 기억 장애 등이 나타나는 현상이다. 옛날보다 생명이 연장되고 문명이 발달하여 좋기는 하지만 치매 같은 새로운 병이 생겨나니 참으로 안타깝다.

어느 날 갑자기 지난 세월의 기억을 상실한다면 얼마나 두렵고 비참할까. 기억을 상실한 사람은 아무것도 모를지라도 주변에 있는 가족, 친지들은 한없는 서러움과 안타까움을 느낄 것이다.

나는 사회생활이 초년이었을 때 직장 동료들과 자주 음주를 하였다. 그런데 동료 중에는 술 마신 다음 날 전날의 기억을 못하는 이가 있었다. 이상하다고 생각하면서 심지어 변명하는 줄로 알았다. 나도 그런 일을 당하고서야 그 사람의 심정을 이해할 수 있었다.

지인들과 오랜만에 만나 술잔이 오가면서 그때의 상황은 희미하게 기억하나 술집을 나오면서 그 후의 기억이 나지 않을 때 얼마나 답답한지 아찔하다. 아침에 일어나 어떻게 왔는지 생각할수록 난감하다. 내가 혹시 음주운전을 한 것은 아닌지 차량을 점검해 본다. 대리운전을 한 것이 확인될 때 다행이라고 한숨을 돌리지만 그들과 대화에서 실수는 없었는지 걱정된다.

직장인은 1년에 한 번 건강검진을 받는다. 건강검진 항목에 필수적인 것이 위내시경이다. 위는 우리 몸에서 일을 많이 하는 장기로서 중요하여 그런 것 같다. 나도 처음에는 위조영촬영을 하다가 정확성을 기하기 위해 위내시경을 하게 되었다. 일반 내시경의 고통은 엄청나다. 한번 수면 내시경을 받고부터 아주 편안하여 이제는 무조건 수면 내시경을 한다. 수면 내시경을 하고 깨어날 때까지 그렇게 편안할 수가 없다.

우리는 때때로 세상만사, 지난 시절의 아프고 슬픈 기억을 잊고 싶어 한다. 그러나 잊으려고 해도 잊히지 않는 것이 또한 기억이다. 기억하고 싶은 것은 쉽게 잊히고 잊고 싶은 것은 절대로 잊히지 않는다. 기억과 망각을 마음대로 조절할 수 있다면 얼마나 좋을까. 기억과 망각은 몸속의 장기가 내 몸이지만 통제할 수 없는 거와 같다.

가장 편안한 순간이 언제였을까? 등산하다가 고단하여 잠시 눈을 감았을 때나 저녁 9시 뉴스를 보다가 소파에서 잠들었을 때가 아닌가 싶다. 이제는 수면 내시경을 받는 시간이 가장 편안한 때다. 그 순간을 기억하려고 했는데 내시경 마우스를 무는 순간만 기억나고 그 후의 시간은 전혀 백지상태다. 수면 내시경을 받을 때마다 이런 생각을 한다. 여기에서 깨어나지 않아도 좋다고, 만에 하나 잘못되어 의사의 실수가 있었더라도 용서해주라고 말이다. 건강검진의 의미보다도 수면 내시경을 받는 시간이 기다려진다. 적어도 1년에 한 번은 짧으나마 망각의 시간을 체험할 수 있으니까.

삶에 있어서 지난 시절의 기억을 잊어버리면 얼마나 황당할까. 본인은 기억이 없어 불편하고 답답하겠지만 그보다도 가족, 친지들은 몇 배 더 안타까울 것이다. 기억력은 감퇴하기 마련이지만 망각의 수렁에 빠지는 삶은 오지 않아야 한다. 몸과 정신이 함께 건강할 때 생명 연장의 의미가 있다.

현대사회는 의학이 발달하여 수명이 엄청 늘어났다. 앞으로 팔구십은 기본이고 100세를 넘는 시대가 도래하고 있다. 길어진 수명만큼 기억력도 유지되어야 하는데 그렇지 못한 것이 우리의 몸이다. 기억력이 없어지고 인식 능력이 상실된다면 아무리 오래 산다 하여도 그것은 진정한 삶이 아니다. 어쩌면 인류의 재앙이 될 수 있다.

사람은 태어나서 생을 다할 때까지 마음속에는 지난 삶의 생각과 기억이 쌓여 있다. 삶의 생각 이를테면 분노, 미움, 아쉬움, 좌절뿐만 아니라 사랑, 추억 등 그 내면은 지워야 삶이 가벼워진다. 반면에 삶의 영상인 기억은 유지해야 인간으로서의 최소한의 의미가 있는 것이다.

망각은 무섭고 두려운 것이다. 모든 생명체는 자연에 순응하며 살아야 한다. 대자연의 모태에서 조화롭게 살아가는 생명이 정말 아름다운데 인위적인 삶의 연장은 흉하고 나쁜 결과를 초래할 수 있다. 자신을 잘 인식하지도 못한 상태로 생명이 연장되는 것이 무슨 의미가 있을까. 건강한 몸과 건전한 정신이 망각의 늪에 빠지지 않는 삶이다.

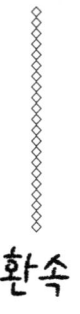

환속

　인간은 희노애락애오욕의 감정뿐만 아니라 생로병사를 겪어야 하기에 때론 삶의 허무함을 느끼고 자신의 존재에 관한 궁극적인 것을 찾으려고 한다. 또한 삶이 힘들고 괴로움이 쌓이면 세상을 도피하려고도 한다. 그러한 탈출구의 하나가 종교에 귀의하여 성직자가 되려는 것일 수도 있다.

　세상에서 가장 좋은 자신에게 맞는 직업이 무엇일까? 누구나 한 번쯤 생각해 보았을 것이다. 꿈 많던 학창 시절에는 더욱 그러하다. 새 학년이 되면 생활기록표에 장래희망을 적던 기억이 난다. 장래희망이 매년 바뀌지만 나는 중학교 2학년 때 장래희망을 성직자라고 한 적이 있다. 왜 그렇게 생각했는지는 모르겠으나 내 마음속에는 잠재적으로 무엇인가 있었던 것 같다. 주변 여건으로 인해 삶이 괴로울 때는 정말 성직자의 길로 가고 싶은 적이 있었다. 결국 동경만 하고 말았지만 늘 아쉬움이 남았다.

　속세를 떠난다는 것은 여러 가지 제약이 따른다. 출가하는 것은 인간의 기본 욕망을 포기해야 한다. 특히 가족과의 연을 끊어야 하니 얼마나 괴로운가. 또한 성직자로서 생활을 잘할 수 있을까, 후회는 하지 않을까 등등 현실적으로 고민이 많을 것이다.

나는 홀로 조용히 있거나 절에 가면 스님들을 생각해 본다. 스님들은 무슨 생각을 할까 무지 궁금했다. 묻는다고 해서 시원한 답을 줄 리는 없지만 그래도 수도하는 과정에서 뭔가를 깨우쳤는지 알고 싶었다. 그리고 친구들이 하는 이야기에서 고교 동창이 재수를 하다가 예비고사 이틀 전에 출가했다는 말을 들었다. 그때는 말없이 듣고만 있었지만 세월이 흐를수록 한번 만나보고 싶었다. 그러나 이제는 모든 궁금증이 사라졌다. 내가 세상의 섭리를 깨달아서 그런 것이 아니라 그들의 삶을 조금은 이해하고 관심 조한 줄어들었기 때문이다.

환속은 종교에 귀의하여 성직자가 되었다가 속세로 돌아오는 것을 말한다. 인터넷에 환속에 관한 서적을 검색하다가 어렵사리 환속한 사람들의 이야기를 접하게 되었다. 그것은 다름 아닌 구도하는 마음으로 종교의 벽을 넘어선 성직자들의 삶을 글로 옮기는 취재작가로 활동하는 김나미의 ≪환속≫이다. 환속한 사람들은 어떻게 살아가고 있는지 궁금증과 호기심에 책을 구입하여 단번에 읽어보았다.

먼저 작가님께 감사의 말씀을 드린다. 그 많은 시간과 발품을 팔아서 환속한 사람들의 다양한 삶을 쉽게 이해할 수 있게 해 준 노고를 치하한다. 내가 알고 싶었던 것을 간접적으로나마 체험했으니 행복감과 고마움이 떠나지 않는다.

책 첫머리에 나오는 〈옷을 벗고 일상인으로〉라는 내용과 똑같은 생각을 하게 되었다. 한때 입었던 성직의 옷을 벗고 평범한 신도로 돌아온 신부님, 수녀님, 비구스님, 비구니스님 그리고 수사님이셨던 다섯 분의 이야기다. 성직자라는 남다른 세계에 살았던 경험에서 우리의 세상 사는 이야기와는 다른 깊이와 감동을 느낄 수 있었다. 그들의 삶을 전부 소개할 수는 없으나 비구스님에서 컴퓨터 수리공으로, 수녀에서 농사꾼으로, 비구니스님에서 두 아이의 엄마로, 신부에서 한 여자의 남편으로, 수사에서 가난한 사람들의 아버지로 소제목은 이와 같으나 그 내용은 훨씬 넓고 깊다.

성직자는 특별한 사람만이 되는 것이 아니라 누구나 젊은 날에 어떤 계기가 있어 출가하는 것이다. 세상을 살면서 자신의 인생을 바꾸는 일대 사건을 목격한다든가, 어릴 적 생활이 사람을 기피하고 친구도 없고 혼자 있는 것을 즐긴다든가, 이와는 반대로 외로움이 극에 달하여 사람이 많이 모이는 곳에서 누군가와 같이 있고 싶다든가, 집안 환경이 종교적이라서 모든 현실이 그쪽으로밖에 갈 수 없는 운명 혹은 종교에 대한 감명을 받는다든가, 한창 방황하는 시기에 그 해답의 하나가 종교에 귀의하는 것이라고 생각한다든가 다양한 출가 동기가 있을 것이다.

성직자의 길은 궁극적인 목적이 종교에 귀의하여 진리를 얻는 것이다. 구도자의 길은 상상할 수 없을 정도로 험난하다. 수행하는 과정에서 수많은 고뇌와 번뇌를 반복하며 늘 정진해야 하니까. 마치 시지프스의 바위처럼 정상에 올라간 것 같은데 다시 내려오기를 반복하는 수행의 연속이 아닐까.

어떠한 삶을 살더라도 사람들과 부딪혀야 하니 갈등은 있게 마련이다. 환속하는 사람들은 수행의 어려움보다도 종교 외적인 갈등이 그들을 힘들게 하는 것이라고 한다. 사람 사는 곳은 어디나 문제가 있다. 그곳이 설령 천사들만 사는 세계라 해도 문제는 일어나기 마련이라는 스님의 말씀이 다가온다. 어떤 성직자는 아무리 평온한 수녀원이라 해도 마음이 편치 않을 수 있으며, 수도원이 성인군자들만 사는 곳이 아니라고 한다. 독신인 사제나 비구들에게 가장 힘든 것이 욕정이라는 말도 있다. 어떤 이유가 되었건 종교의 범주에서 벗어나 새로운 삶을 더 나아가 가장 종교적인 삶을 시작하는 것이 환속일 수도 있다.

속세를 떠나는 것에도 어려움이 있듯이 환속하는 데도 그에 버금가는 어려움이 있다. 환속을 한다 해도 누가 막을 사람은 없다. 자신의 환속으로 인해 고난을 이겨내고 수행하는 성직자들에게 누가 되지는 않을까. 환속 후 어떻게 살아갈지 호구지책은 피할 수 없는 운명이기에 직업선택의 문제가 가로놓여 있다.

사람은 1백 년을 못 살지만 인생은 길다면 길고 짧다면 짧은 것이다. 그러나 한번 지나간 삶은 다시 돌아오지 않는다. 환속을 귀농에 비유할 수는 없지만 귀농의 몇 배 이상 어려움이 있을 것이다. 농사와 관계되지 않는 일을 하다가 귀농을 한다는 것은 모험이며 그 과정에는 많은 어려움이 있다. 이를 잘 극복하여 성공한 사람도 많지만 실패한 사람이 더 많다. 우리의 삶의 터전을 바꾸는 데도 어려움이 많은데, 환속을 하는 것은 또 다른 고뇌가 기다리고 있다. 그래도 환속은 귀농으로 성공한 사람들의 행복 이상의 새로운 삶을 사는 것이다.

색즉시공 공즉시색이라는 말이 있듯이 성직자의 삶이나 속세의 삶이 다르지 않다는 말을 한다. 이런 말을 할 수 있는 사람은 종교적으로 신앙심이 높은 경지에 이르렀을 것이다. 승(僧)은 속(俗) 없이 있을 수 없으며, 속은 승 없이 있을 수 없는 분가분의 관계다. 성과 속이 종이 한 장 차이이듯 승과 속은 문 하나 차이일 뿐이다. 어디에 있든 수행과 실천의 마음이 아닐까.

〈환속한 사람들의 이야기〉가 환속을 대표하고 모든 것을 대변했다고 보지는 않지만, 그래도 성직자의 길로 가지 못한 아쉬움이 있는 사람들에게는 많은 것을 이해할 수 있으리라 생각한다. 내가 성직자의 길로 갔더라면 분명 환속했을 것이다. 나는 환속한 사람들처럼 늘 성직자의 마음으로 세상을 사랑하며 감사하게 살아가고 싶다. 또한 보다 많은 사람들이 성직자가 되어 수행하다가 어떤 연유이건 환속한다면 세상은 더욱 성스러울 수도 있다.

우리 사회는 종교에 대한 관심이 없는 사람도 환속을 그리 달갑게 보지 않으며, 환속한 사람도 그 사실을 굳이 나타내려고 하지 않는다. 성직자들은 왜 환속을 하는가? 그들은 신과 진리를 부정하는 것이 아니라 종교의 특성상 공동체 생활이나 종교의식이 자신에게 맞지 않아서 나름대로 종교에 다가가는 방식을 달리했을 뿐이다. 어쩌면 그들은 형식이나 가식에 구애받지 않는 본래 종교에 더욱 정진하는 순수한 성직자다.

경주 최 부자처럼

2010년도 정초에 홍천의 한 식당에서 홀로 점심을 먹다가 우연히 TV에 눈을 돌렸다. 드라마는 한옥마을을 배경으로 양반가문의 이야기인 듯한데 흥미를 끈다. 재방송 첫 회를 재미있게 본 그 드라마는 "부자의 땅에 인간의 길을 열다"라는 타이틀인 역사드라마 〈명가〉였다. 명가(名家)는 내가 본 드라마 중에서 가장 값지고 기억에 남는다. 나는 TV를 잘 안 보지만 명가만큼은 종영될 때까지 매주 시청하였다. 경주 최 부자의 삶을 폭넓게 조명하지 못하고 16부작으로 끝난 것이 아쉽지만 영원히 잊을 수 없다.

나는 명가를 보기 전에는 부자에 대해 크게 부러워하거나 좋아하는 마음이 없었다. 부자는 그저 돈 많은 사람 정도로 생각했다. 그것은 아마도 어린 시절에 느낀 흥부전의 영향인 듯하다. 얄미운 놀부의 갖은 심술과 그런 형의 온갖 나쁜 짓을 묵묵히 참아내며 착하게 사는 흥부의 이야기에서, 나도 모르게 부자와 가난한 자를 이분법으로 받아들였던 것 같다. 부자는 나쁘고 악하며 가난한 자는 좋고 착하다는 것으로 말이다.

천년 고도 경주에는 최 부잣집이 있다. 최 부잣집은 400년 넘게

12대 만석꾼, 9대째 진사를 배출한 집안이다. 지금도 숫을대문과 50여 칸 남은 집(원래는 89칸)이 옛 풍채를 전한다. 나는 신입 직원 때 경주에 살았는데 최 부자에 대해 관심이 없었다. 그때 최 부잣집을 알았더라면 한번 가보았을 텐데. 경부고속도로 건설 당시 경주시 내남면에 최 부잣집 땅이 고속도로 건설공사에 편입되어 국가에 기부했다는 말은 들어본 적이 있다.

경주 최 부자 400년이란 최진립 장군부터 12대 최준 선생까지 이어지는 402년간이다. 최준 선생 대에 재산 상당수는 기부를 통해 영남대와 영남이공대 설립으로 이어졌다.

최 부잣집이 400년간 이어져 내려올 수 있었던 것은 가문 6훈(六訓)이 있었으며 이를 잘 실천했기 때문이다.

① 진사 이상 벼슬은 하지 말라. 최 부잣집은 과거에 합격해 진사, 생원의 양반 신분은 유지했지만 관직이나 정치에는 나서지 않았다.
② 만석 이상의 재산은 사회에 환원하라. 1년 소작료 수입을 만석으로 미리 정하고 초과분에 대해서는 소작료를 깎아준 것이다.
③ 흉년에는 땅을 늘리지 말라. 사회적 약자의 약점을 이용해 치부(致富)하지 말라는 것이다.
④ 과객을 후하게 대접하라. 최 부잣집은 사랑채를 개방하고 1년에 쌀 2000가마니를 과객 접대에 썼다. 500인을 독상으로 대접할 수 있는 놋그릇과 반상이 구비돼 있었다.
⑤ 주변 100리 안에 굶어 죽는 사람이 없게 하라. 100리는 최 부잣집의 농토와 소작인 분포로 자신의 경제력 내에서 돌볼 수 있는 범위다. 흉년이 들면 활인소(活人所)를 지어 주린 이웃에게 죽을 쑤어 주었고 곳간을 열어 쌀도 풀었다.

⑥ 시집 온 며느리들은 3년간 무명옷을 입어라. 신혼 초 서민들의 옷인 무명옷을 입게 해 근검절약을 익히게 했다.

최 부잣집 가문 6훈 모두가 훌륭하고 본받을 만하지만 그중에서 한두 가지가 현대를 살아가는 사람들에게, 특히 내게 절실히 다가온다.

첫째는 진사 이상 벼슬을 하지 말라는 것이다.

권력과 부를 동시에 가지면 못 할 일이 없겠지만 언젠가는 망할 수 있다. 이는 크게 보면 오늘날의 정경분리다. 정경이 유착되면 정치인들이 정책을 결정하기에 경제인들은 자신들의 이익을 위해 정치후원금을 낼 수밖에 없다. 더 나아가 경제계는 정치계에 뇌물을 주고 편의를 봐 달라고 할 것이다. 결국 경제구조는 취약해지고 국민이 피해를 볼 수밖에 없다.

또한 벼슬이란 권력을 의미한다. 권력은 잡으면 잡을수록 끝없이 오르고 싶은 것이 인간의 마음이다. 벼슬은 오늘날로 보자면 공직에 나아가는 것이다. 공직자는 늘 승진이라는 달콤한 열매가 있어 그것을 따야 한다. 승진은 조직에 있어서 절대로 나쁜 것이 아니다. 승진 자체는 개인에게는 영광되고 보람 있는 일이다. 하지만 그 과정에서 권모술수가 난무하고 많은 사람들이 상처를 입기에 부작용이 있는 것이다.

퇴직 후의 삶이나 퇴직한 선배들의 이야기를 들어보면, 퇴직할 때의 직위가 그리 중요하지 않다고 하는데 사람들은 인생 전체를 보지 못하기에 현실에 목매는 것 같다. 사람은 욕망이 끝이 없어 마치

브레이크 없는 자동차와 같다. 승진이나 벼슬은 남을 위해 하면 참 아름다운데 오로지 자신을 위해 하는 것이기에 최 부잣집은 이를 경계한 것이다.

둘째는 주변 100리 안에 굶어 죽는 사람이 없게 하라는 것이다.

이는 사람을 사랑하는 나눔과 베풂의 정신이며 오늘날로 보자면 복지경영이다. 이렇게 하자면 어떻게 해야 할까? 사람은 누구나 소중하고 똑같이 사랑해야 한다. 함께 살아가기 위해 협력은 물론 공정경쟁을 실천하고 아무리 부자라 하더라도 근검절약을 해야 한다.

최 부잣집은 생산성을 높이기 위해 수리 관계와 개간, 양잠, 이양법을 실시하고 마름을 두지도 않았다. 최 부잣집은 수신하고 제가한 전형적인 우리나라의 애민사상의 극치를 보여준다. 요즘 말로 하면 '노블레스 오블리주'가 될 것이다. 이러한 것이 진정 많이 가졌지만 결국은 무소유가 아닐까.

사람이 사는 데 기본적인 것이 의식주다. 보다 좋은 맛있고 편리한 의식주를 위해 우리는 늘 노력하며 경쟁의 삶을 살아간다. 나는 이러한 것을 추구하면서 나 자신만 생각했지 다른 사람들의 삶에 대해선 크게 생각해 보지 않았다. 매일 먹는 밥이지만 지금 이 순간에도 굶는 사람이 있을 텐데 그들을 위해 기도한 적도 없다.

부끄럽지만 이제부터는 세상에 감사하고 모두 다 사랑하며 누군가에게 도움을 주는 나눔과 베풂을 실천해야겠다. 그리고 우리 사는 세상이 경주 최 부잣집을 본받아 사람다운 사람, 맑고 밝은 사회가 되기를 기도해 본다.

그 시절의 행복

　행복이란 무엇일까? 사람마다 삶을 추구하는 방식이나 느낌이 다양하여 무엇이라 정의하기는 어렵지만 행복은 욕구가 충족되고 안정적인 심리 상태일 것이다. 이러한 조건이 늘 지속되기는 어렵다. 하물며 인생의 긴 여정에는 행복만이 있지는 않다. 그리고 세상에는 다양한 형태의 행복이 존재한다. 어떤 것은 다른 것보다 더 행복하다. 하지만 완벽한 행복은 존재하지 않는다. 현재도 마찬가지지만 그 옛날에는 일하고 외롭지 않는 것이 행복이라고 생각된다.

　외로움은 사람과의 관계에서 비롯된다. 외롭지 않다는 것은 늘 옆에 누군가가 있다. 사람은 태어나는 순간부터 가족과 함께 살아간다. 부모의 품에서 시작하여 가정과 학교, 사회를 거치면서 많은 사람들을 만나며 살아간다. 장성하여 배우자를 만나 새로운 보금자리를 만들어 자식을 낳고 또 그렇게 살아간다. 현대사회가 되면서 가정도 대가족에서 핵가족으로 변모하여 노년에는 가족, 특히 손자들과 함께하는 시간도 줄어들고 마지막에는 배우자가 유일한 친구다.

　어린 시절을 돌아보면 그때는 몰랐지만 오늘날과 비고하여도 할

아버지 세대가 어려움이 많았더라도 행복한 삶을 살았던 것 같다. 어린 내 눈에 비친 할아버지는 다른 사람들보다 현대를 살아가는 어떤 사람들보다도 더 행복했던 것 같다.

할아버지는 젊었을 때 단신으로 고향인 시골마을로 들어와 궂은 일과 험한 일, 온갖 어려움을 다 겪고 한 집안의 가장이 되었다. 맨손으로 시작하여 땅을 장만하고 산전을 일구어 그 당시에는 부농이었다(지금 재산과 비교하면 크다고 할 수 없지만). 내가 알기로는 전답이 5~6천 평이 된 것 같고 임야도 있다. 농사를 지으며 땅을 사고 자식들 공부시켜 삼촌 두 분은 초중등학교 교사가 되었다.

추석 때 고향에 가면 성묘하러 조부모님이 계신 선산엘 간다. 갈 때마다 지난날의 아련한 추억이 떠오른다. 지금은 농사를 짓지 않기에 산전은 나무를 심어놓아 형태만 남아 있다. 나는 그때 너무 어려서 그 많은 계단식 밭을 어떻게 개간했는지 기억이 없다. 초등학교에 들어갈 무렵 작은 농막이 있었고 복숭아나무에 꽃이 피었던 기억은 생생하다. 학창 시절에 부모님 따라 밭에 가면 짜증스러울 정도로 돼기밭이 많다는 것을 알았다. 지금 생각해 보면 잠시 일하는 것도 싫었는데 할아버지, 아버지는 산전을 일구느라 얼마나 힘드셨을까, 눈물이 난다. 한편으로는 황무지를 개척하는 마음으로 신 나게 산전을 일구지 않았을까도 생각된다.

그 옛날 마을 사람들은 서로 돕고 함께 일하는 생활공동체였다. 일할 때도 품앗이하며 즐겁게 농사를 지었다. 남의 농사도 자신의 것인 양 관심을 갖고 참견도 하고 잘되기를 바랐다. 마을에 큰일이 생기면 자기 일처럼 정성스레 도와주었다.

그러한 과정에서 노인을 공경하고 서로를 아끼는 인본주의 사상이 싹트는 미풍양속이 있었다. 여러 사람들과 함께하는 생활에서 외로움이 상대적으로 적었다. 일할 때나 놀 때도 혼자보다는 함께 하여 외로움이 생길 겨를이 없었다. 태어나서 죽는 날까지 늘 사람과 사람이 함께하고 임종 시에도 가족 친지들은 물론 가을 사람들이 옆에 있었다. 시대와 여건이 변하여 어쩔 수 없이 치르는 오늘날 장례식장에 비하면 죽음을 맞으면서도 얼마나 행복했을까.

옛날 인생 60은 긴 세월이다. 오늘날 인생 80은 시간적으로는 긴데 삶은 급박하게 돌아간다. 문명이 발달하여 편하고 많은 것을 할수 있는데도 상대적으로 행복감이 줄어든 것 같다. 차량이 많으면 교통사고가 날 확률이 높듯이 오늘날 삶은 각박하고 늘 신경 써야하고 여유로움이 사라진 것 같다. 주5일을 근무하고 주말을 쉬는데도 지난주는 따분했다고 하는 사람들이 많다. 옛날 사람들은 특별한 휴식이 없었으며 추운 겨울날 땔감을 하러 먼 산으로 가면 하루가 걸리는데도 따분했다고 하지 않는다. 어쩌면 일과 놀이가 일체가 되었을 수 있다.

내 어린 시절에 이웃집 할아버지가 우리 집에 놀러 오시면 가끔 장기를 두곤 했다. 옆에서 지켜보던 할아버지는 내색은 안 했지만 손자가 이기는 것을 보고 흐뭇해하신 것 같다. 여름날 느티나무 그늘이나 겨울철 사랑방에 가면 동네 사람들이 쉬러 온다. 장기판 하나를 두고 양편으로 나누어서 관전하는 진풍경을 볼 스 있다. 구경

꾼들은 그냥 가만히 있지 못하고 훈수를 한다. 혼이 나면서도 훈수하는 것을 보면 장기의 묘미는 훈수인 것 같다. 장기판 하나를 두고 많은 사람들이 즐기고 있다는 사실이 참 신기하다.

나는 가끔 인터넷 바둑을 둘 때가 있다. 두고 나면 이겨도 피곤하고 지면 짜증이 날 때가 많다. 옛날에는 놀이문화가 상대적으로 적었음에도 세대의 간격이 넓지 않고 친밀하여 다 같이 즐길 수 있었던 것 같다.

인생에 있어서 누구에게나 아픔이 있겠지만 옛날 사람들에게도 아픔이 있었다. 언젠가 우리 집 호적등본을 본 적이 있다. 호적등본에는 조부모님부터 시작된 가계도가 일목요연하게 나타나 있다. 아버지 형제가 4남매인 줄 알았는데 호적등본을 유추해 보면 그 이상인 것 같다. 그 당시에는 태어나서 장성하지 못하고 질병으로 유아기에 죽는 경우가 흔했다.

자식을 먼저 보내야 하는 부모의 심정이 어떠했을까. 그렇지만 그 시절의 현실이 그러하니 숙명으로 받아들일 수밖에 없지 않았을까. 할아버지는 말씀은 안 하셨지만 자식을 가슴에 묻고 살았던 세월이 유일한 아픔이 아니었을까.

나는 취업하기 전에 잠시 시골에서 생활했다. 농사일을 돕는 것이 아니라 취업을 준비하느라 어쩔 수없이 어정쩡한 생활이 1년 반이나 지속되었다. 가끔 할아버지는 농사일이 등 따시고 배부르다며 농사짓자고 했다. 그 말씀이 내 마음에는 다가오지 않았지만 그냥 농으로 하는 말씀이 아니었다. 지금 생각해 보면 할아버지 시대의 행복은 가족이든 이웃이든 함께 일하고 동고동락하는 그런 것이었고 정말 행복했다고 절실히 느껴진다.

사람들은 어렸을 때는 시간이 안 간다고 빨리 어른이 되었으면 하고 바란다. 장년이 되면 왜 이리 시간이 빠른지 모르겠다고 한다. 인생의 1년은 누구에게나 똑같다. 그러나 심리적으로 느끼는 시간은 다르다. 10세 아이에게 1년은 삶의 10분의 1이 되지만 50세 장년에게는 50분의 1이다. 나이 들수록 시간이 짧게 느껴지는 것은 심리적인 마음인 것이다.

사람들은 하루는 지루한데 일 년은 빠르다는 말을 한다. 정말 모순되지만 나이가 들수록 그런 말을 많이 한다. 삶의 반경이 축소되고 거기에 따른 희망, 꿈이 줄어들어 그렇게 느끼며 하루를 보내기에 그럴 것이다.

우리는 일을 하거나 휴식을 취하거나 밥을 먹을 때도 다른 생각을 하는 경우가 있다. 집중하지 못하는 삶은 단조롭고 따분하고 외로울 수가 있다. 가령 운동을 하거나 음악을 들을 때 얼마나 집중하며 즐기고 있는가. 집중하면 잡생각이 없으며 시간이 흐르는 줄도 모른다. 삶은 시기와 관계없이 집중하며 풍부하게 살아야 한다.

인생에 있어서 시간은 누구에게나 똑같다. 그렇지만 사람에 따라서 같은 시간이라도 길고 충실하게 사는 방법이 다르다. 시간은 몰입하면 빨리 흐르고 몰입하지 않으면 천천히 흐른다. 외롭지 않는 사람, 일하는 사람은 현재를 충실하게 보내기에 세상을 풍부하게 느끼면서 산다.

제3장

거시기한 세상

우울한 휴일

봄을 재촉하는 비가 내린다. 엄청 추웠던 계절이 막바지로 가는 2월의 마지막 일요일이다. 간간이 내리던 비는 오후가 되니 폭우로 변한다. 갑자기 많은 비가 쏟아지니 지구의 온난화로 인한 이상기후를 탓해 본다. 남 탓하는 것을 비웃기라도 하듯 비는 소강상태가 된다. 이 비 그치면 봄의 전령들이 꿈을 한아름 안고 오겠지.

나는 지금 아파트 정원을 바라보고 있다. 정원에는 키 큰 소나무, 잎이 넓은 활엽수, 아기자기한 단풍나무, 화단에서 자라는 야생 난까지 정말 멋지다. 마지막 잎새를 간직한 나무들은 끈기를 보여주고 있지만 오늘 따라 비에 젖은 모습은 왠지 쓸쓸해 보인다. 평소에 비가 내리면 마음이 차분해지고 평온한 분위기가 있었는데 지금 내리는 비는 슬픔을 더한다. 그것은 지난주에 발생한 잘 아는 직원의 횡령사건이 떠올라서다.

횡령이나 뇌물수수, 이런 사건들이 터질 때마다 나는 분노했고 그들이 미웠다. 그런데 이번 사건은 측은함이 먼저 왔다. 나는 그에게 많은 애정을 갖고 있는 것도 아닌데 왜 측은함이 앞섰을까. 왠지 가슴이 아려온다.

먼저 그의 가족이 떠올랐다. 이 사실을 안 그의 아내의 심정은 어떠했을까? 한밤중에 집이 무너져 내리는 아픔보다 더했겠지. 우리 아빠, 내 남편은 성실하게 직장 생활을 하는 잘난 것은 없어도 가족으로서 자랑스럽고 믿음직하게 생각하며 살아왔겠지. 그러한 명예는 제쳐두고서라도 앞으로 살아가야 할 일이 막막했을 것이다. 이 어려운 시기에 직장에서 퇴출되고 어떻게 살아야 할지 걱정하는 모습이 눈에 선하다.

사람들은 직장 생활을 하는 데 있어서 공기업이나 행정기관을 온실에 비유한다. 급여를 많이 받지 않을지라도 사계절이 따뜻하고 안정적인 생활을 할 수 있으니 그렇게 생각한다. 세파에 덜 시달리고 보다 안온한 곳에서 죽 살던 사람이 생존경쟁이 치열한 거친 사회에서 생활하기란 쉽지 않다. 경제적으로 안정이 되어 있다면 모를까 새로운 직장을 얻기란 무척 힘이 들 것이다. 이런 연유가 있어 한순간의 잘못된 행위가 더욱 측은하고 안타깝다. 본인은 한없이 후회하며 자책하고 있겠지.

직장인들은 항상 횡령과 뇌물수수에 노출되어 있다. 삶의 환경이나 조직의 분위기에 어떻게 휩쓸릴지 아무도 장담할 수 없는 것이 우리네 인생이다. 늘 명절이 다가오면 통상적으로 내려오는 공문이 공직기강 관련 문서다. 특히 눈에 띄는 것이 선물 안 주고 안 받기다. 하위 직원들은 주는 사람도 없는데, 하며 짜증스러워 한다.

뇌물과 횡령에는 대상에 차이가 있다. 뇌물은 고위직에, 횡령은 하위직에 치중된다고 봐야 한다. 권력이 있는 곳에 뇌물이 있을 수 있으며, 실무를 담당하는 곳에 횡령이 발생할 수 있다. 고위직은 실무자가 아니기에 혼자 횡령하기가 어렵다. 하위직은 권력이 상대적으로 적기에 뇌물을 주는 사람이 없다. 업무를 하면서 뇌물이나 횡령에 관계되지 않는 사람들은 사건이 터지면 직장을 이상하게 생각한다.

억대 뇌물을 받고 파면된 사람도 있다. 그는 자신보다 더한 이도 있는데 재수가 없다고 한다. 수치심 없이 활보하는 것을 보면 잘못을 반성했는지 의문이 든다. 직장에서는 동료라는 이유만으로 억울하다고 구명연판장을 돌리기도 한다. 면회를 가지 않으면 무심하다고 하며 의리가 없다고도 한다. 세상은 참 아이러니하다.

우리는 늘 청렴을 말한다. 대부분의 사람들은 과거보다는 청렴해졌다고 한다. 어떤 이는 격세지감을 느낀다고도 한다. 요즘 청렴이 어느 정도로 높아졌는지는 잘 모르겠다. 그러나 누가 누구의 청렴을 탓하기가 어려운 현실이다.

성경에 "누가 이 여인에게 돌을 던지려 하는가."라는 구절이 있다. 사람들이 간음한 여인을 예수에게 끌고 와 "이 여인을 율법에 따라 돌로 쳐 죽일 것인가."라고 물으니, 예수가 "너희 가운데 죄가 없는 자가 이 여인을 돌로 치라."고 하자 모두 물러갔다는 대목이 있다. 이와 같이 우리는 서로 상대방의 청렴에 돌팔매질한 것은 아닌지 따지고 보면 오십보백보가 아닐까. 먼저 자신의 청렴을 되돌아보아야 한다.

지난 시절을 돌아보면 내게도 청렴이라는 말에 부끄러운 면이 있다. 새천년 전에는 회사에서 청렴이란 개념이 잘 정립되지 않았을 때다. 업무용 차량을 사적으로 사용한 적이 있고 상품권을 받은 적도 있다. 그 이상의 것도 있지만 말하기가 곤란하고 부끄럽다. 그때는 그러한 것이 청렴과는 관계가 없는 줄 알았다. 한국도로공사를 사랑하는 고객에게 거듭 죄스럽다.

직장인들은 삼삼오오 모이면 여러 가지 이야기를 한다. 그중에는 칭찬보다는 비난의 목소리가 높다. 그만큼 불만이 많다는 것이기도 하다. 직위가 높아지고 근속이 쌓일수록 초심을 잃어버려 감각이 둔해진다.

일례로 업무추진비 사용에 있어서 공사구별을 강조한다. 당연히 공적인 것과 사적인 것을 구별해야 하지만, 문제는 유사한 사안이라 해도 자신이 하면 공적이고 남이 하면 사적으로 간주하는 경향이 있다. 공사구별이 더욱 엄격하고 서로에게 관심과 배려가 있는 환경이었다면 이번 횡령사건도 예방되지 않았을까. 거슬러 올라가면 횡령이든 뇌물이든 우리 모두의 책임이다.

명예는 높이 널리 드러나는 것만이 아니다. 평범하게 살아가는 것도 명예다. 가족·지인·사회에 누를 끼치지 않는 것도 명예다. 이러한 것은 한번 잃어버리면 다시 쌓을 수 없다. 공직자, 직장인으로서 한순간의 욕망에 휩싸여 소중한 명예를 실추하는 것이 가장 어리석은 행위가 아닐까. 남에게 관대하고 자신에게 엄격한 사람만이 공정한 사회를 만들고 참 삶을 살아갈 수 있을 것이다.

청렴도

　국제투명성기구는 176개국을 대상으로 한 2012년 부패인식지수 조사에서 우리나라가 100점 만점에 56점을 받아 45위라고 발표했다. 국제투명성기구가 발표한 결과지만 45위라는 순위가 어느 정도 청렴한지 쉽게 다가오지 않는다. 그리고 청렴도는 어떻게 조사되었는지도 궁금하다.

　가령 우리나라 축구가 FIFA 랭킹 34위라면 축구를 좋아하는 사람은 어느 정도 수준인지 바로 인식한다. 청렴도 순위를 보고 청렴 수준을 알 수 있어야 하는데 청렴 업무에 종사하는 사람들 외에는 대부분이 청렴도에 무덤덤한 것 같다. 또한 축구경기에서 FIFA 랭킹이 10~20위 앞선다고 해서 반드시 경기에서 승리한다는 보장이 없듯이 청렴도 지수가 높다고 해서 그 나라 국민이 다 청렴도가 높다고 볼 수 없으며, 청렴도 지수가 낮은 국가에도 어떤 국민은 청렴도가 높을 수 있다. 그러기에 청렴은 늘 강조되어야 하고, 부패는 즉시 척결해야만 한다.

　나는 청렴 교육을 받을 때마다 이상한 생각을 하는데 우리에게 청렴 교육을 하는 저 강사는 과연 청렴한가? 사실을 알 수는 없지만 강의를 준비하고 강의하는 이 순간만은 대단히 청렴하다고 믿는다. 그러면 청렴에 관하여 생각하고 글을 쓰는 나는 청렴한가? 지난 삶을 돌아보면 부끄럽고 떳떳하지 못했던 것도 있지만 지금 이

순간은 청렴한 것 같다. 청렴은 생각하면 할수록 청춘이 되는 셈이다.

청렴의 반대말은 부정부패다. 부패(腐敗)에는 두 가지 뜻이 있다. 하나는 미생물에 의하여 물질이 변하여 인간에게 해롭거나 아무런 이익이 되지 않는 현상을 의미하며, 또 하나는 정치·사상·의식 따위가 타락함을 의미한다. 청렴에서 부패는 후자를 의미하지만 국가와 사회, 국민이 부패하다면 전자와 같이 되는 것은 불 보듯 뻔하다.

부정부패를 생각하면 무엇이 떠오를까? 선거·정치인·공무원·업자·뇌물비리·향응접대·성상납 등 여러 가지가 있다. 그곳에는 이권이 있기에 갑과 을이라는 공생관계에서 기생하는 바이러스가 존재한다. 우리의 몸과 마음에는 나쁜 바이러스와 좋은 바이러스가 있다. 그것은 빙공영사(憑公營私)와 멸사봉공(滅私奉公)이다. 이 바이러스들은 환경이나 여건에 따라 잘 적응하는 생물과 같다.

빙공영사는 공적인 것을 빙자하여 사적인 이득을 꾀하는 것이다. 이 말은 공직자가 경계해야 할 대상이다. 하지만 모든 공직자는 자신의 행위에 대해 관대하기에 자신은 빙공영사와는 관계없다고 생각한다. 또한 사람들은 멸사봉공하는 아름다운 마음도 간직하고 있다. 우리의 심신은 빙공영사와 멸사봉공이 함께 상존하는 형국이다.

누구나 공직에 입문했을 때는 멸사봉공하는 마음과 자세가 아주 강하다. 그러나 근속기간이 쌓이고 직위가 높아질수록 빙공영사하는 여건이 늘어나며 그런 환경에 쉽게 휩쓸릴 수가 있다. 공직자는 모름지기 주변 여건을 탓하거나 변명하지 말고 멸사봉공은 못 하더라도 빙공영사는 늘 경계해야 한다.

공적 업무를 수행하는 사람은 청렴이라는 말만 들어도 알레르기가 생긴 적이 있을 것이다. 나는 청렴과 관계없는데 왜 자주 반복하여 강조하는지 짜증날 정도라고 말이다. 그러던 사람이 어느 순간에 청렴 반대편에 있는 절벽으로 추락한 예는 많이 있다.

대부분의 공직자는 청렴이라는 말에서 자유롭지 않다. 지금은 아니더라도 몸가짐을 다스리지 않으면 언젠가는 악의 구렁텅이로 빠지거나 떨어질 수 있으니까. 빙공영사, 부정부패, 뇌물청탁 등의 바이러스에 걸리지 않기 위해 우리는 청렴이라는 백신을 주기적으로 맞아야 한다.

청렴은 우리에게 무엇을 주는가? 미래사회는 청렴하지 않으면 공멸한다. 국가청렴도 세계 1위는 국가경쟁력 세계 1위라는 등식이 성립된다. 실례로 세계청렴도 순위가 늘 상위권인 핀란드는 역사와 민족, 자원과 경제면에서 볼 때 우리나라와 매우 흡사하지만 그들이 선택한 청렴으로 인하여 지금은 세계가 인정하는 부패 없는 나라, 복지국가가 되었다.

잘사는 나라일수록 청렴도가 높은데 우리나라는 경제수준에 비해 청렴도가 떨어지는 국가다. 지도자들은 청렴을 강조하고 부정부패를 척결하겠다고 공언해왔건만 왜 쉽사리 청렴도가 선진국 수준에 도달하기가 무척 어려울까? 여러 요인이 있겠지만 한두 가지를 생각해 볼 수 있다.

그 하나는 부패를 근원적으로 척결하는 것이 아니다. 부패척결의 소리는 요란한데 그 실천 방법을 보면 청렴온도가 높게 나오도록 하는 얇은 정책이다. 평가를 위한 청렴, 위장하는 청렴이 아직도 그 중심에 있으니 수박 겉핥기에 불과하다. 외관적으로는 청렴한 것 같은데 사실은 다를 수 있다. 의사가 정밀진단을 하지 않고 환자의 말만 믿고 처방하는 격이며, 심지어 교통사고 환자와 병원, 의사의 공생관계가 존재하듯이 부패와 연관된 사람들이 짜고 치는 고스톱과 같아 그 연결고리가 쉽게 끊어지지 않는 실정이다.

10년이면 강산이 변하듯 조직이나 사회는 과거에 비해 훨씬 투명하고 깨끗해진 것도 사실이다. 그렇지만 부패를 저지르는 사람들의 지능이 발달하여 부패취약 조직은 늘 존재하며, 심지어 부패를 척결해야 하는 사람들이 부패한 경우도 있다. 사정기관이 부패사건에 연루되면 국민들은 믿을 사람이 없으니 누가 누구를 비난해야 할까.

무엇보다 청렴의 큰 흐름은 윗물이 맑아야 아랫물이 맑다는 속담에 함축되어 있다. 자신은 청렴하지 않으면서 힘없고 부패와 거리가 먼 사람들에게 청렴하라고 강조하는 것은 대답 없는 메아리일 뿐이다. 아랫사람은 윗사람을 훈계할 수 없기에 청렴은 직위나 권력에 맞게 다가가는 정책과 교육을 실시해야 한다.

또 하나는 부패를 바라보는 국민들의 시각이나 인식이다. 부패를 저지르는 사람들은 특정 집단, 특히 공무원에 한정하고 부패인식도 청탁·뇌물 등으로 제한하고 있다. 일반인들이 사회생활에서 범하는 공중도덕이나 질서 등에 대하여는 부패라고 생각하지 않기에 청렴사회로 가는 길은 그 속도가 느릴 수밖에 없다.

현대사회의 특징 중 하나가 교통문화의 발달이다. 차량이 없으면 사회생활 하기가 매우 곤란하다. 차가 없는 가정은 극소수에 불과하며 대부분의 사람들이 운전을 한다. 우리는 교통질서를 잘 지키고 있는가? 물론 교통 소통이 잘될 때는 예외겠지만 복잡해지면 상황이 달라진다.

이를테면 출퇴근 시간에 직진차로는 정체되고 좌회전차로는 여유로운 경우가 있다. 조금 더 빨리 가기 위해서 좌회전차로로 운행하다가 신호등 앞에서 끼어들기 한다. 이런 차량들 때문에 지·정체는 더욱 길어지고 사회적인 손실은 커져만 간다. 피차의 입장에서 서로를 비난하지만 이는 쉽사리 개선되지 않는다. 우리는 끼어들기에 대해 양심의 가책은 받을지라도 범법 행위라고 생각하지 않는다.

초등학교 다닐 때 나는 학교에서 1주일에 두 번 정도 급식 빵을 받은 것 같다. 어떤 반 선생님은 학급 인원 수(60명 정도)에 맞게 빵을 받아와서 어떤 때는 40명에게만 빵을 나누어 주었다고 한다. 나머지 20개의 빵은 어떻게 처리되었는지는 모르나 빵을 받지 못한 어린이들은 선생님의 처사나 결정에 불평하거나 관심을 갖지 않았으며 다음에 빵을 받으면 된다는 생각뿐이었다.

지금 생각해 보면 초등학교 때 그 선생님은 그 당시에는 비난받지 않았을지라도 어떤 사정이 있었는지는 모르겠으나 교사로서 처신이 부적절했다. 이와 마찬가지로 부패인식도 시대에 따라 변한다. 지금 우리가 거리낌 없이 하는 차량의 끼어들기도 세월이 흐르면 옛날 초등학교의 급식 빵처럼 자라나는 아이들은 어른들의 부패를 이야기할 것이다.

부패척결은 작고 사소한 것에서부터 시작해야 한다. 사회나 조직은 동등한 것 같지만 상하갑을 관계가 형성되어 있다. 그들의 업무 처리 과정에는 미풍양속이라고 하는 접대문화와 관행적인 선물이 있으며, 여기에서 부패의 원인을 찾아야 하지 않을까.

그 일례로 업무 평가나 감사를 받아야 하는 경우 수검기관은 업무 외적으로 많은 부담감을 느끼며 어떻게 하면 수검을 잘 받을까 고민한다. 그래서 원활한 업무추진과 유대관계를 위한다는 간담회가 등장하는데, 그 취지는 참 건전하지만 여기에서부터 부패의 씨앗이 발아하는 것 같다.

상급기관이나 감사기관에서 점검 나갈 때는 출장 여비를 받으며 수검기관은 간담회를 위해 또 다른 예산을 집행한다. 국민의 입장에서 보면 식사비용이 하잘 것 없다고 하더라도 분명 이중 지급인 것이다. 더욱이 간담회 범위를 벗어나면 더 많은 경비가 소요된다. 경비가 과다하게 지출되면 타 예산을 전용하거나 그 어떤 방법이 필요하다. 과다 지출된 경비는 누가 어디서 어떻게 조달해야 할까? 조직 구성원이 십시일반으로 거출하기는 힘들고 조직이 묵인하는 선에서 이 정도는 변칙으로 처리하자는 생각이 부패로 가는 첫걸음이다.

어느 날 나는 대학교에 입학한 아들에게 음식점에서 학우들과 식사하면 누가 식비를 내느냐고 물어보았다. 아들은 망설임 없이 각자 낸다고 한다. 나는 아들에게 아버지가 용돈을 줄 테니 가끔 네가 사주면 어떠냐고 하니, 아들은 그렇게 하면 좋기는 하지만 부작용이 훨씬 많다고 한다. 서로에게 부담감을 주지 않는 'Duchpay'가 바람직하다고 덧붙인다.

　더치페이·각자 계산하기라고나 할까, 이것이 신선하게 다가왔다. 아버지 세대와 아들 세대의 차이는 더치페이다. 나는 아들 세대가 예의나 의리 등이 불안정한 것 같아도 청렴에 있어서는 아버지 세대를 앞선다고 본다. 더치페이는 정이 메마른 사회인 것 같지만 청렴으로 가는 지름길이 될 것이다.

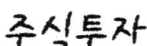

주식투자

"성공투자를 꿈꾸며 주식투자를 새롭게 시작하는 사람들이 날로 늘어가는 가운데 주식투자로 1년에 1억이 넘는 고수익을 올리는 개인 투자자들이 있다." 이런 기사를 접하면 평범한 사람들도 주식투자를 하면 그렇게 될 것으로 환상적인 희망을 가질 수 있다. 사람들은 주식투자에 대하여 어떻게 생각할까? 수익을 얻은 사람은 긍정적으로, 손실을 본 사람은 부정적으로 생각하기 마련이다.

나는 직장 사회생활을 하면서 주식투자에 대하여 많은 사람들의 이야기를 들었다. 그때는 내가 주식에 투자할 경제적인 여력이 없었고 관심을 갖지 않아서 별 흥미를 느끼지 못했다. 주식하는 사람들은 주식이 호황일 때는 어떤 모임이든 주식에 관한 이야기를 하며, 주식이 불황일 때는 주식에 대해 말하지 않는다. 주변을 둘러보면 주식으로 돈을 벌었다는 사람은 거의 없고 돈을 날린 사람들이 훨씬 많다. 개미들의 투자성공률이 10% 정도라는데 이렇게 확률이 낮은 주식투자를 왜 하는지 모르겠다.

2007년도 국민고충처리위원회에 근무할 때다. 나는 집이 수원이라서 출퇴근을 수원역에서 서울역까지 열차를 이용했다. 어느 날

퇴근시간에 서울역에서 무궁화열차 표를 끊고 시간이 있어서 지하철 입구에 있는 서점에 들렀다. 책을 둘러보다가 주식 관련 책이 눈에 들어왔다. 책장을 넘겨보다가 그 책을 사게 되었다. 그때부터 주식에 관심을 갖고 꾸준히 공부했다. 주식에 관한 책을 7권 정도 구입한 것 같다.

서점에는 주식 관련 책이 많은데 어느 책을 막론하고 명교과서임에는 틀림없다. 그런 책으로 공부한 개미들이 투자에 실패한다는 것은 말이 안 된다. 책의 내용대로만 투자하면 고수익이 보장되지 않을 수 없다. 몇 권의 책을 독파하니 코스피와 코스닥의 개념도 모르던 내가 주식에 전문가가 된 기분이었다. 그렇지만 자금이 없어 실전투자는 보류한 채 2년이 흘렀다. 2009년 8월에 비자금 500만 원과 아내가 준 1,000만 원을 밑천삼아 주식투자에 입문하게 되었다.

무엇보다 투자의 원칙을 세웠다. 원칙이란 것이 특별한 것은 아니나 가치투자, 장기투자 그리고 신용거래는 절대 안 하며 가용자금의 50%만 투자한다는 정도였다. 먼저 기업의 활동현황, 경영성과를 알아보기 위해 재무제표를 분석하고 EPS(주당순이익), PER(주가수익률), PBR(주가순자산비율) 등을 기준으로 투자종목을 선정했다. 코스피 전 종목을 분석하여 선정한 종목을 대상으로 재분석하여 다시 투자종목을 선정했다. 또한 좋은 실적을 내고 있는데 시장의 관심을 받지 못하거나, 실적이 호전되고 있는데 시장이 미처 알아차리지 못해 주가가 저평가된 기업을 열심히 찾기도 했다.

초기에는 투자종목마다 수익을 냈다. 그렇다 보니 투자에 자신감이 생기고 공격적인 투자를 하게 되었다. 내게 있어 공격적인 투자는 위험이 있더라도 수익이 높을 것 같은 종목에 투자하는 것을 의미한다. 어느새 우량주보다는 주가가 상대적으로 하락한 종목을 고르게 되고, 심지어 코스닥 종목에도 관심을 기울이게 되었다.

글을 쓰려니 너무나 가슴이 아파 한동안 방치해 두었다가 다시 펜을 들었다. 그동안 글 쓰는 즐거움이 있었는데 주식투자는 생각하면 할수록 비참함을 넘어 처절함을 안겨준다. 실패한 종목만 생각하면 부아가 치밀어 오른다. 일이든 인생이든 실패는 쓰라리고 한을 남겨준다. 먼 훗날 성공한 사람만이 실패는 성공의 어머니라고 하지 않는지 모르겠다.

그동안 나는 10여 개 종목을 거래했다. 초반에는 투자한 종목마다 15% 정도 수익을 냈다. 짭짤한 수입, 한 달 용돈은 벌었다. 초심은 서서히 사라지고 투자의 원칙도 위반하며 아픔을 뼈저리게 체험하는 시간이 다가오고 있었다.

자신만만하여 어느새 장기투자에서 단기투자로 여유자금을 남겨두지 않은 채 전액을 투자하게 되었다. 또한 판단을 잘못했으면 손절매도 해야 하는데 오기로 물 타기를 하고 있으니 파멸의 수렁으로 서서히 빠져들고 있었다. 결국 그 종목은 관리대상종목이 되었다. 그래도 언젠가는 오를 것이라는 희망을 갖고 있으니 더욱 한심하다. 9개 종목에서 얻은 수익금은 한순간에 사라졌다. 이 얼마나 허탈한가. 인생도 그렇지만 주식도 숲을 보아야 하는데 내가 선택한 한 그루 나무가 아무리 애정이 간다고 해도 객관적인 사실을 인정해야 하는데 그렇지 못해서 안타깝고 후회스럽다.

주식투자를 돌이켜보면 여러 가지 생각이 떠오른다. 하루에도 몇 번씩 증권 창을 바라만 보던 허탈한 기억이 가슴을 쓰리게 한다. 나는 부동산 투자에서 이익을 봤는데 주식에서 손해 본 것만 생각난다. 투자하지 않는 종목은 잘 보이는데 직접 투자한 순간부터 판단력이 흐려진다.

경험으로 보아 주식투자는 1년에 3번 정도 기회가 오는 것 같은데 그것을 기다리는 인내심이 부족하다. 내 퇴직연금 수익률이 37%가 넘는데 그 종목만 따라 해도 괜찮을 것 같으나 그러질 못하고 있다. 냉정히 생각해 보면 나는 주식투자에 실패한 것이 아니라 정말 잘한다는 생각이 들 때가 있다. 그런데 실패한 그 한 종목이 주식과 나의 삶에 발목을 잡고 있으니 안타깝기 그지없다.

하루가 다르게 시중에 넘쳐나는 주식 관련 책들은 현재는 명교본이지만 시간이 지나면 하찮은 종이에 불과하다. 주식전문가, 고수들이 예측한 몇 년 전의 책들을 살펴보면 너무나 빗나가 있다. 우량기업을 제외하고 주식의 미래는 누구도 알 수 없다.

우리는 일상생활에서 무작위로 걸려오는 부동산 관련 전화를 많이 받는다. 어디에 투자가치가 좋은 땅이 있다고 한다. 그렇게 가치가 있으면 자신들이 투자하면 되지 왜 다른 사람들에게 기회를 주려고 하는지 의아하다. 이와 마찬가지로 주식 관련 책자에도 다분히 뉘앙스가 있다.

나보다도 주식투자를 잘 아는 신용미수도 해 본 자칭 전문가라고 하는 사람의 이야기가 생각난다.

"실적이 따라주지 않는 테마주는 결국 테마가 소멸되면 다시 본래의 가치로 추락한다. 테마주도 때와 시기, 사회현상에 따라 급등하기도 하지만 이런 테마주를 추종하며 단타로 주식거래를 하다 보면 저평가된 느림보 거북이 주식은 눈에도 보이질 않는다. 단타와 급등 테마주로 크게 돈을 벌었다면 그 습관이 몸에 배어 언젠가는 반드시 스스로 함정에 빠져 결국 실패를 보는 경우를 수없이 보았다. 마약보다도 강한 유혹이 있으며 그것으로 인해 무리하게 신용매매를 하게 되고 몇 번 재미를 보게 되면 마치 자신이 주식의 신이 된 것처럼 광분하게 된다. 그러나 예기치 못한 시장의 변동으로 불의의 일격을 당하게 되면 손쓸 틈도 없이 깡통계좌로 전락하게 된다. 신용미수는 악마와의 거래며 패망의 지름길이며 반드시 필패한다."

주식에 대하여 전혀 몰라도 삶에는 지장이 없는데 사람들은 주식시장을 기웃거리며 자신이 하면 잘할 것으로 생각한다. 세상만사가 그렇듯이 주식투자도 애증이 따라 다닌다. 사랑과 미움이 있기에 중독될 수도 있고, 한번 접하면 쉽게 빠져나올 수 없는 것이 주식투자다. 주식투자를 하면 수익 아니면 손실이 있게 마련이다. 수익이 생겼다고 주식투자를 찬양할 것도 아니고 손실이 있었다고 비난할 바도 아니다. 사회나 제도를 탓하기 전에 마음을 다스리는 것이 중요하다.

나는 아직도 평가수익률이 상당히 마이너스인 주식을 갖고 있다. 내가 투자한 주식은 절대 손실을 보고는 매각하지 않는다는 잘못된 인식이 아직도 남아 있기 때문이다. 그래서 나는 주식에서 만큼은 하수가 분명하다. 한편으로는 없는 셈치고 먼 훗날을 기약해 본다. 주식투자에서 인생의 단면을 배운 것이 유일한 이익이며 이제 관심을 접으려 한다. 또 다른 삶이 나를 기다리고 있으니까.

　아직도 마음 한구석에는 무엇인가 남아 있는 것 같다. 주식정리 말로만 한 것이 아닌지, 한번 떠나간 사랑은 돌아오지 않는데 올 것 같이 기다리는 심정이 조금은 남아 있는지도 모르겠다.

주인과 머슴

사람은 태어날 때부터 주인이다. 그런데 주인이 아닌 머슴으로 사는 경우가 있다. 머슴보다는 주인으로 사는 사람이 진정한 삶을 누리는데. 머슴으로 사는 것이 나쁘다는 뜻이 아니라 삶 자체가 다르다는 것이다. 주인과 머슴은 삶의 의미나 진지함에 있어서 차이가 크다. 주인은 스스로 소신 있게 일하고 미래를 보며 힘든 일을 즐겁게 하고 되는 방법을 찾는다. 반면에 머슴은 누가 봐야 일하고 오늘 하루만 보며 즐거운 일도 힘들게 하고 안 되는 핑계를 찾는다.

주인과 머슴을 어떻게 구분하고 생각해야 할까? 주인은 가진 자나 소유자, 머슴은 일하는 사람 정도로 생각하지 않을까. 끼니를 때우기도 어려웠던 시절에는 다분히 그랬을 것이다. 주인이든 머슴이든 삶이 고단하여 숙명적으로 받아들이고 변화를 꾀하지 않았을 수도 있다. 주인은 부자 아니면 좋지 않은 이미지가 있었을 것이고, 머슴은 열심히 일해도 자신에게 이로울 것이 없다는 생각이 들었을지도 모른다.

인생에 있어서 주인과 머슴은 천양지차다. 사람들은 누가 주인으로 사는지 잘 안다. 조직이나 직장에서 일하는 모습을 보면 주인같이 일하는지 머슴처럼 일하는지 쉽게 구분된다. 주인인 직원은 매사에 적극적이며 해야 할 일을 반듯이 하는 사람이고, 머슴인 직원은 소극적이며 업무를 회피하거나 요령을 피우는 사람이다.

일에 있어서도 숲을 보는 사람과 나무만 보는 사람이 있다. 숲을 보는 사람은 숲이 건강하고 활기차게 변화하는 모습뿐만 아니라 그 속에서 자라는 세세한 나무까지도 보살피는 것이고, 나무만 보는 사람은 숲의 변화에는 관심이 덜하고 모든 나무를 다 보는 것도 아니며 자신과 관계있는 한정된 나무만 볼 뿐이다. 사람이 일을 하면서 숲을 보았는지 한정된 나무만 보았는지는 일할 때도 느낄 수 있지만 그 사람이 그 자리를 떠난 후 뒷사람이 보면 금방 알 수 있다.

아무리 인수인계를 잘해도 업무를 하다 보면 이전에 이루어진 세세한 부분까지 다 알 수는 없다. 그래서 전 담당자에게 업무에 대해 어쩔 수 없이 문의해 본다. 주인으로 일한 사람은 많은 것을 기억하며 참고사항까지 알려주는데, 머슴으로 일한 사람은 기억이 없거나 잘 모른다고 한다. 머슴으로 일한 사람은 일에 애착이 없었기에 기억이 나지 않을 수도 있고 기억이 난다고 하더라도 책임 소재가 두렵고 귀찮아서 그렇게 답변했을 수도 있다.

형식적으로 세상을 보면 주인과 머슴의 자리가 확연히 구별된다. 머슴 자리에 비해 주인 자리가 훨씬 적다. 머슴과 주인은 자리가 상당한 부분을 결정하고 차지하지만 그보다는 일하는 자세나 마음

가짐에 있다.

자영업을 하는 사람이 주인일까, 머슴일까? 많은 사람들은 당연히 주인이라 생각할 것이다. 그러나 머슴으로 일하는 사람도 있다. 남의 밑에서 일하는 것이 아니라고 해서 다 주인이라고는 할 수는 없다. 자영업을 하는 사람은 사업에 있어서 갑과 을 중 을의 위치에 있다. 고객이 있어야 생존할 수 있고 늘 고객을 섬겨야 한다. 이와 같이 고객을 생각하는 사람은 당연히 주인이다. 하지만 이를 망각하고 순간의 이익에 눈이 멀어 서비스는 뒷전이고 한 번의 관계만으로 만족하는 사람은 머슴일 수밖에 없다.

신분의 귀천이 있었던 옛날에는 주인은 신분이 다르다는 이유만으로 머슴을 사람 취급도 하지 않았던 때도 있었다. 시키는 일에 머슴이 좋은 의견을 제시하더라도 주인은 머슴 주제에 뭘 안다고 말이 많으냐며 무시하거나 천대하였다. 머슴의 의견을 들어볼 생각도 하지 않는 주인은 신분이 높다 해도 사고는 머슴 이하다.

모든 사람이 법 앞에 평등하지만 아직도 우리 사회는 잘못된 주인 습관이 남아 있다. 직장이나 조직에서 권력이나 직위가 높다는 이유만으로 부하를 무시하는 상사도 있다. 심지어 학벌이 높다는 이유로 동료를 비웃는 사람도 있다.

많은 사람들은 남들이 그렇게 평가하지 않는데 자신은 주인으로 살아왔다고 할 것이다. 아마 머슴으로 살았다는 사람은 극소수일 것이다. 이는 생각의 차이이고 사실과 진정성은 알 수가 없다. 내가 하면 로맨스고 남이 하면 스캔들이라는 말과 같다.

일생을 돌아보면 누구나 주인으로 살았다고 하더라도 어떤 면이나 때에 따라서는 머슴으로 산 적이 있을 것이다. 나는 집에서 책 정리하는 것 외에는 거의 아무것도 하지 않는다. 아내와 아이들은 청소를 함께 하지 않는다고 불평을 할 때가 있다. 화장실도 지저분하게 사용한다고 짜증을 낼 때가 있다. 그 대신에 나는 잔소리하지 않는다. 아내는 깔끔 떠는 것보다 잔소리하지 않는 것이 낫다며 혼잣말로 위로한다. 나는 가족과 떨어져 있을 때는 청소 등 정리를 잘하는데 가족과 함께 있으면 그게 잘되지 않는다. 이는 내게 머슴의 습성이 남아 있다는 증거가 아닐까.

세상에 진정한 주인은 누구인가? 조직이나 직장에서 주인으로 일했던 사람과 머슴으로 일했던 사람의 판단은 그 당시의 고객들이 하지만 진정한 판단은 뒷사람이 한다. 자신이 머물었던 자리는 흔적으로 남아 있으니까. 뒷사람을 생각하며 일하는 사람은 기본적으로 해야 할 일과 반드시 해야만 되는 일을 놓치지 않고 추진하는 사람이다.

주인으로 살든 머슴으로 살든 그것은 각자의 몫이고 판단할 사항이지만 삶에는 분명 차이가 있다. 머슴으로 살아가는 사람이 주인으로 산 사람의 가치나 행복을 알 수 있겠는가. 사람은 주인으로 살아가야 한다.

태풍 사과

    2012년은 폭염, 가뭄과 더불어 유난히 무더운 여름날이었다. 예년 같으면 장마철인데도 비가 오지 않아 땅은 메마르고 농작물은 타들어 갔다. 7월에 한두 차례 장맛비가 내리더니 근 40일간이나 열대야가 지속되어 불볕더위로 가슴이 턱 막힐 정도로 곤욕스러웠다. 전력당국에는 에어컨 등 전력 사용이 급증하여 몇 번의 급박함도 있었다. 무더위와 더불어 강과 바다는 적조현상으로 어패류는 죽어가고 이를 지키기 위하여 어민들은 적조와 사투를 벌였다.

    아니나 다를까 8월 하순에는 태풍 볼라벤과 덴빈이 잇달아 우리나라를 덮치면서 많은 인명피해가 났다. 태풍이 한반도 중남부를 직격하여 주로 호남과 중부지역이 집중 피해를 당했다. 태풍의 위력이 어느 정도인지 직접 겪어보지 못한 사람들은 상상도 못할 것이다. 우리 사업단이 위치한 충주는 태풍의 중심에서 약 200km나 떨어져 있었는데도 강풍의 위력을 실감할 수 있었다.

    9월 첫 휴일을 맞아 나는 집에서 가족과 TV를 보며 사과를 맛있게 먹고 있다. 지금 먹는 사과는 이번 태풍에 떨어진 사과다. 수확기에 접어든 사과는 태풍에 견디지 못하고 어쩌다가 우리 식탁에 오게 되었다. 사과를 먹는 내내 자꾸 쓰라린 농심이 가시질 않는다. 이 사과를 보름 후에 정상적으로 수확한다면 10kg 한 박스에 6만 원은 받을 텐데 겨우 2만 원에 판매한다. 태풍으로 인해 사과를 싸게 먹을 수 있으나 마음 한구석에는 미안함이 떠나질 않는다.

충주지역은 제주도, 호남지역에 비하면 피해가 덜하다. 그래도 피해를 당한 농가를 생각하면 가슴이 아픈데 초토화된 특별재난지역에는 어떠한 말로도 대신할 수 없다. 우리는 그들의 아픔을 함께 나누어야 한다. 정부와 국민은 그들이 재기할 수 있게 도움을 주어야 한다. 우리 모두가 힘을 합하여 슬기롭게 재난을 극복해야 한다.

TV에 전주의 한 농가 배나무 밭이 나온다. 태풍이 덮쳐 70% 이상이 낙과한 과수원은 피해 그 자체였다. 나이 든 안주인은 그 참상에 망연자실하고 있다. 피해도 피해지만 지난 여름날의 가뭄으로 성장에 어려움이 있는 배 밭에 양수기로 물대는 등 그 많은 노고가 한순간에 물거품으로 사라졌으니, 가슴은 찢어지고 하늘이 원망스럽고 삶이 막막하여 한스러움이 역력하다.

또 다른 곳에서는 군인들이 농촌 일손을 돕고 있다. 쓰러진 사과나무를 일으켜 세우고 떨어진 사과를 수거하며 열심히 일하고 있다. 그들의 노고에 감사한 농민 부부는 엎질러진 피해는 어쩔 수 없지만 다시 시작할 수 있다는 안도감에 희망의 미소를 짓고 있다.

제주도, 남서해안 바닷가 양식장 피해는 더욱 컸다. 어느 참다랑어 양식장은 한순간에 꿈이 사라졌다. 5년 동안 길러온 참다랑어 400마리 이상이 거대한 파도와 일시 오염된 해수로 인해 떼죽음을 당하였으니 할 말을 잃었다. 그 피해액이 16억에 달한다고 하니 누구에게 하소연해야 할까. 이러한 현실이 우리 농어촌의 자화상이다.

이번 태풍으로 물가에도 비상이 걸렸다. 직접적인 피해를 당한 농어민의 아픔이 크겠지만 서민의 가계에도 적잖이 영향을 미칠 것이다. 사과를 먹으면서 미안한 생각도 들었다. 세상은 아이러니하고 불공평하다고 말이다. 나처럼 태풍으로 떨어진 사과를 싸게 먹는 사람도 있고, 태풍 피해가 덜한 과수원은 반사이익을 보는 경우도 있다.

중앙재해대책본부에 따르면 두 태풍으로 15명이 소중한 목숨을 잃었다. 생명을 잃은 사람들이 안타깝지만 그때뿐이며 시간이 지나면 쉽게 잊는다. 또한 천재니까 어쩔 수 없다고 생각하는지도 모른다. 태풍 자체는 천재지만 따지고 보면 인재다. 그 원인은 온실가스 증가에 따른 지구 온난화다.

국립기상연구소는 온실가스를 감축하지 않으면 이번 세기 말 태풍의 강도가 30% 이상 세지고 태풍 발생도 그만큼 늘어날 것으로 분석했다. 온실가스로 태풍이 강력해지는 이유는 따뜻한 바닷물을 에너지 공급원으로 삼는 태풍의 특성 때문이다. 지구 온난화는 태풍 자체를 세게 만들 뿐만 아니라 북극 등지의 얼음을 녹이고 많은 호우를 쏟아 태풍의 피해를 더욱 키울 수 있다. 해수면 상승으로 태풍 상륙 시 해안 침수의 위험이 늘어날 뿐만 아니라 공기에 더 많은 수증기가 포함돼 홍수 피해 가능성도 커진다.

사과를 보니 문득 어린 시절이 떠오른다. 사과 꽃이 하얗게 핀 과수원 길이 눈 시리도록 그리워진다. 과수원을 좋아하고 과수원 집 아이를 부러워하던 그 시절이 잠시 다가온다. 그렇지만 이제는 과수원을 보아도 그저 담담하게 웃을 뿐이다. 세월은 우리들의 아름다운 과수원 추억을 앗아가 버렸다. 이는 농촌의 현실이 그만큼 어려워졌다는 방증이다.

나는 사과를 먹으면서 과수를 재배하는 농민의 마음을 생각해 보았다. 이제는 열심히 농사만 지으면 수확이 되는 시대는 지났다. 강력한 태풍은 매년 발생하고 해마다 되풀이되지만 특별한 대책이 없으니 참 난감하다. 그렇다고 과수 농사를 쉽게 접을 수도 없으니 이러지도 저러지도 못한다. 태풍을 걱정해야 하는 농민들은 수확할 때까지 마음을 졸여야 하니 그것이 더욱 우리를 슬프게 한다. 태풍 사과는 맛이 있는데도 결코 맛있게 먹을 수가 없다.

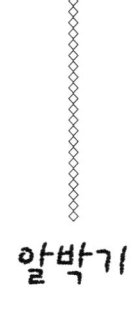

알박기

대선정국이 뜨겁게 달아오르던 토요일 아침, 신문에 '안철수 사태'라는 제목으로 여러 면을 장식했다. 이에 대해 어떤 생각을 하고 싶지는 않다. 아름다운 사태라기보다는 아직도 우리 정치는 후진국이라는 생각이 든다. 정치 현실의 씁쓸함을 느끼면서 신문을 넘기고 있는데, 중국 도로 한복판 '알박기 건물'이라는 기사가 눈에 띈다.

"중국 저장성 원링 시에서 새로운 도로가 건설돼 포장까지 끝났지만 도로 한가운데에 5층짜리 건물 한 채가 그대로 있는 진풍경이 현지 언론에 소개됐다. 건물 소유주는 당국의 보상금이 적다며 철거를 거부하고 이 집에 계속 살고 있다고 현지 언론은 보도했다."는 내용이다.

중국에서도 이런 일이 있나 의아스럽다. 아직도 내 머릿속에는 공산주의, 독재국가가 남아 있어서 그런지 쉽사리 이해되지 않는다. 국가에서 강제로 철거하면 될 텐데, 어찌 저렇게 놔두는지 한참 생각하게 한다. 중국도 무지 변했구나. 민주주의에 대한 열망이 크고 개인의 권리를 많이 보장해 주는 것 같다.

민주공화국이라서 그런지 우리나라에는 이런 일이 비일비재하다. 공익사업을 하다 보면 숱하게 겪을 수 있다. 알박기 하는 사람을 탓할 수만은 없다. 소유자가 보상금이 적다고 하는데 일방적으로 양보하라고 할 수는 없다. 땅이나 건물은 생계와 관련된 소유자의 재산인데 공익사업이라는 이유로 협조하라고만 할 수 없지 않겠는가.

이런 현실은 제도와 집행, 소유자의 생각 등 여러 면에서 괴리가 있어서다. 공익사업의 보상 개념은 적정한 보상이다. 보상법에 따라 평가하고 보상하기에 적정한 보상이라고 한다. 하지만 소유자는 충분한 보상을 요구한다. 충분한 보상은 소유자가 만족할 만한 보상이다. 충분한 보상이 바람직한데 이는 정부의 재정이 문제다. 결국 그것은 세금으로 충당되어야 하는 국민의 몫이다. 또한 사회 형평성의 문제다. 보상에는 타당성과 일괄성이 있어야 한다. 어떤 사람에게만 특혜를 줄 수는 없는 것이다.

소유자가 요구하는 충분한 보상이 소유자 입장은 이해되지만 반드시 공정하다고 할 수는 없다. 땅을 비롯한 재산은 자식에 비유될 수 있다. 대부분의 사람들은 자식이 태어나면 아들은 대통령감이고 딸은 미스코리아감이라고 생각한다. 자식에 대해 엘리트의식을 갖고 있는 거와 같이 땅도 이와 같다. 자신의 땅에 대해서는 그 지역에서 제일 좋다고 인식한다. 그러하니 공익사업의 보상에 있어 적정한 보상과 충분한 보상에는 괴리가 있게 마련이다.

우리나라는 법치국가인데 왜 알박기 하려는 일이 종종 벌어질까?

문제는 선 보상 후 공사를 하면 되는데 그러질 못하고 있다. 공익사업 시행에 있어서 공사와 보상을 동시에 추진하다 보니 이런 일이 발생하지 않을 수 없다. 또한 소유자도 보상금에 불만도 있겠지만 버티면 이익이라는 생각이 잠재되어 있다. 시공자 입장에서도 공사를 못하는 것보다 어느 정도 소유자 요구를 들어주는 것이 이익이 되니까 악순환이 계속된다. 알박기 해결에 있어서만큼은 사업 시행자와 시공자 간에는 불평등 계약임에는 틀림없다. 시행자 부담을 시공자가 이행해야 하니 또 다른 부작용이 생길 수 있다.

일반적으로 알박기는 재개발 예정 지역의 중요한 지점의 땅을 미리 조금 사놓고 개발을 방해하며 개발업자로부터 많은 돈을 받고 파는 행위다. 이와 같이 의도적으로 하는 알박기는 아닐지라도 주변 여건에 따라 알박기 할 수 있는 경우가 있다. 나는 음성 제천 고속도로 건설 공사에 참여하면서 실제로 알박기 한 사례를 경험한 적이 있다.

고속도로 건설 공사는 타당성조사, 기본설계, 실시설계, 관계기관 협의, 주민설명회 등을 거쳐 노선이 확정된다. 이러한 일련의 과정에서 이해관계가 얽혀있으니 불만이 있게 마련이다. 노선이 확정되었다 해도 더 좋은 대안이 있으면 부분적으로는 변경될 수 있다. 음성 충주 고속도로 노선 중 아주 일부 구간이 그에 해당되어 설계 변경을 했다. 그런데 당초에 편입된 토지에 대하여 보상했기 때문에 환매가 발생한 것이다. 환매는 사들인 물건을 되파는 것이다. 법에 따르면 공익사업에 편입된 토지가 사업구역에서 제외되면 원소유자에게는 환매권이 발생한다.

환매와 관련된 알박기 사연은 이러하다. 1년 전에 설계 변경으로 인해 여러 필지의 땅이 환매 대상이어서 환매 절차를 완료하여 어느 회사에서 전부 매수하였다. 그런데 1년 후에 그 회사에서 건축을 하려고 보니 가운데에 있는 면적이 크지도 않는 땅이 누락되어 환매대상 토지로 남아 있었다. 그 회사는 국가 소유의 토지가 있으니 인허가를 받는 데 장애가 되었다. 그 회사는 급히 우리 사업단을 방문하여 그 토지를 매수할 수 있게 해 달라는 것이다. 이 토지가 환매 대상이니 환매 절차를 거친 후에 결정할 수 있다고 했다.

먼저 그 토지에 대해 원소유자에게 환매 의사를 물으니 원소유자는 자신은 토지를 매수할 필요가 없다고 했다. 그래도 환매 절차는 거쳐야 하고 그 회사가 급하다고 하기에, 우리 사업단에서 작성한 환매 통지서를 직접 전달하고 환매 포기서를 받아오라고 했다. 원소유자는 우리 공사 문서를 그 회사에서 갖고 오니 생각이 달라진 것 같다. 이 토지가 알박기 토지라고 생각했는지 그 후부터 원소유자의 사위가 대리인 역할을 했다.

환매를 받든 받지 않든 원소유자의 결정에 따를 뿐인데 매수하겠다고 하면서 계속 미루고 있었다. 원소유자 사위는 수차례 유선통화로 그 회사를 옹호한다는 취지로 우리 공사를 비난하고 고발을 하겠다는 등 막말을 서슴지 않았다. 환매를 받자니 필요 없고 포기하자니 알박기가 생각난 모양이다. 그때는 알박기 하려는 사람이 너무 얄미웠다. 결국 원소유자의 사위는 그 회사와 합의하여 환매가의 5배에 해당하는 1천만 원 이상의 돈을 챙긴 것 같다.

어쨌든 매각이 완료되어 마음은 홀가분하다. 당초에 환매할 때 세심하게 처리했더라면 이런 일도 발생하지 않았을 텐데, 전 담당자에 대한 원망과 아쉬움이 그 회사에 대한 미안함이 남는다. 알박기 하는 것을 보니 사회의 또 다른 단면이 보인다. 알박기는 분명 떳떳하지 못한 것이다. 그렇지만 대부분의 사람들이 알박기 할 여건이 주어진다면 정직하게 행동할까 궁금하다.

그즈음에 추가 토지가 편입되어 보상을 받으러 온 다혈질의 소유자가 있었다. 소유자는 보상금이 턱없이 적다고 거칠게 항의하며 막말을 일삼았다. 하지만 우리는 법에 따라 평가하다 보니 어쩔 수 없어 죄송하다는 말 외에는 달리 평가의 타당성을 설명할 수 없었다. 행여 소유자의 감정을 자극할까 봐 조심하고 있었다. 보상 계약을 하고 나서 소유자는 불만이 많지만 내가 왜 계약을 했는지 아느냐며 물었다. 그냥 듣고만 있는데 "우리 사위가 공무원인데 협조해 주라고 해서 계약을 했다."는 것이다. 순간 소유자의 사위가 정말 멋있다는 생각이 든다.

그 소유자가 돌아가고 나는 알박기로 돈을 챙겨준 사위와 공익사업에 협조해 주라고 한 사위를 비교하게 되었다. 두 사람 다 장인을 위해 살아가는 것은 맞는데 후자의 사위를 닮고 싶다. 후자의 사위를 둔 소유자가 거친 말을 하더라도 사회를 긍정적·보편적으로 보는 사위가 있으니 더 행복하지 않겠는가.

알박기는 많은 사람들이 겪는 것이 아니기에 그 폐해에 대해 일반인은 잘 모른다. 알박기는 개발예정지 같은 땅을 미리 사놓고 부당이득을 취하려는 것이다. 투기적인 알박기는 필요악이지만 근절되지 않으니 그 피해는 사업자나 주민들에게 돌아간다. 알박기의 피해 당사자는 억울하고 분노하며 세상을 미워하겠지. 세상은 알박기 없는 공정한 사회가 되어야 한다.

운전자의 양심

　사람이 동물과 다른 점은 여러 가지가 있겠으나 그중 하나가 양심이다. 양심은 사람에게만 있는 도덕적인 의식으로 살아가는 데 꼭 필요하며 늘 간직해야 한다. 누구나 사회생활을 하면서 양심의 가책을 받은 적이 있을 것이다. 이유야 어찌되었건 양심을 저버린 행위는 한순간을 모면하기 위한 즉흥적인 판단에서 기인되는 것 같다.

　사람은 사회적 동물이라는 말처럼 사회를 떠나서는 살 수 없으며 사회의 규범과 질서를 지켜야 한다. 다양하고 복잡한 사회생활에서 양심을 느끼는 것 중에 하나가 차량 운전과 관계된다. 대부분의 운전자는 타인이 교통법규를 어기고 얌체운전을 하였을 때는 비난하면서도 자신이 한 행위에 대해서는 어쩔 수 없다는 등 너무나 관대하다.

　2011년 추석이 갓 지난 어느 날, 나는 지인을 만나기 위해 인천엘 갔다. 도로 모퉁이에 주차하고 그곳에서 좀 떨어진 사무실에서 담소를 나누는데 휴대전화가 울렸다. "2972 차 주인이세요?" "네." "선생님 차와 접촉이 있었습니다." "알았습니다, 바로 갈게요." 전화한 사람을 만나니 죄송하다고 했다. 차를 살펴보니 뒤 범퍼가 찌그러져 있었다. 나는 순간 짜증이 났지만 세상에 이런 사람도 있나 싶었다. 통상 사람들은 주차된 차량을 접촉하였을 때 주변에 보는 이가 없으면 그냥 지나친다. 이는 그 사람의 양심이 불량하다기보다는 순간적으로 그 장소를 피하고 싶은 심리가 작용했을 것이다.

우리는 일상에서 차량과 관련된 불미스런 일을 종종 경험한다. 마트에 갔는데 옆에 주차한 차량이 접촉하여 살짝 흠집을 내고 연락도 없이 가버려서 마음이 상한 적이 있을 것이다. 그 상황을 따져보면 여러 가지 요인이 있다. 가해 차량 운전자도 양심이 없다기보다는 당황하여 그 순간을 모면하고 싶었을 것이다.

만일 차량에 있는 전화번호를 확인하여 연락을 했더라면 어떤 일이 벌어졌을까? 쉽게 해결되면 좋겠는데 그러지 않는 경우가 흔하다. 피해 차량 운전자가 무리한 요구를 하는 경우 접촉의 잘못은 있지만 너무 야속하다는 생각이 들 것이다. 어떤 운전자는 별것 아니니 그냥 가라고 하는 경우도 있다. 가해 차량 운전자는 전자가 먼저 떠올랐을 것이다. 어찌되었건 비양심적인 운전자는 그 순간은 모면했을지라도 그 대가는 오랫동안 가슴 한편에 남아 있다.

다시 얘기를 이어가면 그 사람은 평소 운전하던 차가 아니라서 접촉한 것 같다며 거듭 미안하다고 했다. 어디 사느냐고 묻기에 수원에서 왔다고 하니 그곳에서 수리해야 되겠네요, 한다. 나는 잠시 생각을 했다. 수원에서 수리하면 편하긴 한데 보험처리하면 비용이 100만 원 이상 나올 것 같았다. 그 사람이 안쓰럽기도 하여 주위에 잘 아는 카센터가 있는지 물으니 있다 하여 일단은 카센터로 갔다. 견적을 산출하니 차량수리비가 50만 원 정도이고 기간은 3일이 소요된다고 한다.

나는 충주가 근무지라서 며칠 동안 애로사항이 있다고 하니 카센터차량을 무료 사용할 수 있다고 한다. 그렇게 하기로 하고 차량수리에 대해 합의하였다. 그 사람은 수리비가 적어서 보험처리를 하지 않는다고 하며 찾으실 때 꼭 연락을 달라고 했다. 낡은 중고차를 타고 집으로 가는데 초라한 생각이 들었다. 그래도 기분은 그리 나쁘지 않았다.

냉정히 생각해 보면 그 사람 잘못만은 아니다. 내가 주차지역이 아닌 도로 가장자리에 주차하였기에 원인 제공자는 나였다. 그곳에 주차하지 않았으면 차량 접촉도 없었을 텐데. 그 사람은 마음속으로 나를 원망했을 수도 있다. 하지만 우리 사회는 아직은 그런 것을 따지지 않는다. 또한 그 사람은 그냥 지나칠 수 있었다. 그 사람이 정직해서 아니면 주위에 CCTV를 의식해서 양심을 저버리지 않았을까. 하여튼 나로서는 그 사람이 참 고맙다.

그 사람이 지나쳤을 때를 가정해 보면, 나는 도망간 사람을 욕하고 오늘 재수가 없었다고 하며 한동안 많은 스트레스를 받았을 것이다. 그 사람도 금전적으로 50만 원은 아꼈을 수 있지만 상당한 기간 동안 양심의 가책을 받으며 살아갈 것이다. 양심을 지키는 것과 양심을 저버리는 것에는 엄청난 차이가 있다.

돌아온 금요일 저녁, 차량을 인도받고 그 사람에게 전화를 하니 거듭 감사하다고 한다. 나도 선생님 같은 분을 만나서 고맙다고 인사하고 헤어졌다. 또한 그때 뵈었던 지인에게 차량을 찾아간다고 전화하니 한편으로 마음이 편하지 않았는데 잘 처리되어서 다행이라고 한다.

양심의 중요성은 아무리 강조해도 지나치지 않다. 인체에 있어서 물이 필수적인 영양소는 아나나 없어서는 안 되는 거와 같이 양심도 인간관계나 사회생활에서 꼭 필요한 영양소 이상이다. 양심은 보이지 않는 거울이며 사람과 사회를 건강하게 한다.

사람은 태어나서 성인이 되기까지 다양한 사회를 경험하며 살아간다. 어렸을 때는 양심에 대해 잘 느끼지도 못하다가 갑자기 양심의 가책이란 장애를 만나게 되니 어떻게 행동해야 할지 어리둥절하다. 가정이나 학교에서 정직하라는 교육을 받아왔는데 정직이 항상 좋은 것만은 아니라는 것도 알게 된다. 사회생활과 만나는 정직, 양심이 새롭게 정립되면서 성인이 되는 것 같다.

양심이란 말을 생각하니 중학교 때 선생님께서 칠판에 분필로 멋지게 한문을 쓰면서 도산 안창호 선생이 강조했다는 신독(愼獨)이라는 단어가 떠오른다. 신독은 남이 보지 않는 곳에 혼자 있을 때에도 도리에 어긋나지 않도록 조심하여 말과 행동을 삼가라는 것이다. 혼자 있어도 남이 보고 있는 거와 같이 행동하라는 뜻이다.

가끔 길을 가다가 휴지를 버린다든가 밤길 전봇대에 실례를 할 때면 양심의 가책을 받은 부끄러운 기억이 떠오른다. 그런 마음이 있었을 때가 오히려 순수하고 정직했었던 것 같다. 가끔은 그런 행위를 하지만 옛날보다 거리낌이 덜할 것 같다.

우리는 편리한 문명의 혜택을 받으면서 살아간다. 문명의 이기만큼 문화를 발달시키고 사회질서를 잘 지켜야 하는데 바쁘다는 핑계로 그러질 못하는 경우가 있다. 그러한 과정에서 양심을 저버리는 행위를 종종 하게 된다. 한시도 차량이 없으면 불편한 사회생활에서 질서를 잘 지키고 잃어버린 양심을 회복하고 실천하는 양심으로 거듭나야 한다.

차량 문화는 첫째가 운전자의 양심이다. 양심이 불량하면 개인과 사회는 병들어 간다. 차량 운행에서만이라도 양심의 가책을 받는 행위는 하지 말아야 한다. 차를 운전하다 보면 접촉사고로 서로 잘났다고 싸우는 광경을 볼 수 있다. 그럴 때마다 양심이 있는 그 운전자가 생각난다.

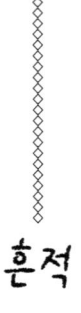

흔적

　주말부부로 살다보니 가끔 집에서 과일을 비롯하여 먹을거리를 종이백에 담아온다. 어느 날 무심코 그 종이백을 보니 '청정축령산 가평잣'이라고 쓰여 있다. 저 종이백은 어디에서 났을까? 아내가 사온 것은 아닐 테고 누구한테 받은 것 같은데 쉽사리 생각나지 않는다.

　한참 생각해 보니 국민고충처리위원회에 근무할 때 서울 춘천 고속도로 건설 현장에 민원조사를 갔던 기억이 떠오른다. 현장에 가니 그 공구 감리단장이 한국도로공사 선배였다. 나는 반갑기도 하여 지난날을 회상하며 많은 이야기를 나누었다. 민원조사를 마치고 헤어지려는데 감리단장은 약소한 것이라며 가평잣을 건넨다. 나는 받기가 뭐하여 머뭇거리고 있는데, 감리단당은 "뭘 망설이고 있어. 손부끄럽게." 하는 것이다. 평소 같으면 정중히 사양했을 텐데 도공 선배님이 주는 것이라서 어쩔 수 없이 받게 되었다.

　그 사람을 본 지가 7년이 지난 것 같은데 관심을 두지 않았던 가평잣 종이백이 그와 나를 연결해 주는 흔적이 되었다. 세상에는 많은 흔적이 있다. 좋은 흔적도 있고 기억하고 싶지 않은 흔적도 있지만 흔적이 있기에 사람들은 지난날을 떠올린다. 세월이 지나면 그때의 현장이나 실체는 없어져도 기억이나 물건 등을 통해서 흔적이 살아난다.

나는 오랫동안 가족과 떨어져 생활해 왔다. 이제는 혼자 있는 것이 자연스럽고 익숙하다. 집에 가면 가족이 반갑지만 어떤 때는 서먹하다. 세면하러 화장실에 들어갔을 때 수건이 없을 때가 있다. 불편하기는 해도 나와서 수건을 찾아 얼굴을 닦는다. 살다보면 이럴 수도 저럴 수도 있다는 것을 이해하게 된다.

어느 날 화장실에 가서 세면장 서랍을 여니 뽀송뽀송한 수건이 하나 가득 가지런하게 정돈되어 있다. 갑자기 부자가 될 느낌이다. 그런데 수건마다 '서안산IC 접속부 개량공사 안전기원제' 등 글씨가 쓰여 있다. 10여 년이 지났는데 아직도 그 수건을 사용하고 있으니 감회가 남다르다. 수건을 접할 때마다 그 시절이 떠오른다.

직장인들은 인사이동이 잦다. 한 근무지에서 계속 근무하는 것도 좋지만 여러 근무지를 다니는 것도 나쁘지 않다. 인사이동의 좋은 점은 새로운 기분으로 새로운 사람과의 만남이다. 어떤 때는 서글프기도 하지만 장점이 더 많다. 떠날 때 서랍 등을 정리하다 보면 그동안의 기억이 새삼스럽다. 그 많은 자료를 애지중지하다가 이제는 필요 없게 되었으니 잠시 삶을 뒤돌아보게 한다. 나는 한 근무지에서 짧게는 1년, 길게는 3년을 근무했다. 버려야 할 물건이 예상외로 많다. 주로 자료를 소각하면서 돌아보고 싶지 않은 기억을 함께 태우며 흔적도 지운다.

사람들이 회식 후 뒤풀이로 자주 가는 곳이 노래방이다. 그날 기분에 따라 다르겠지만 자의반 타의반으로 일단 노래방에 들어가면 노래하게 된다. 곡명 선정은 아무거나 닥치는 대로 하는 것이 아니다. 몇 번 노래방을 함께 가다 보면 그 사람이 즐겨 부르는 노래도 기억하게 된다. 그 노래를 부르게 된 사연은 몰라도 삶의 한 단면과 정서를 알 수 있다. 나와 함께 노래방에 간 사람들을 떠올리면 노래도 하나씩 따라붙는다. 곡명마다 가수의 이름이 아니라 친구, 동료 등 우리들의 이름이 뒤따른다.

　거리에는 낙엽이 지고 가을이 저물어 가는 어느 날 저녁, 동료 직원의 송별회식이 있었다. 그날도 어김없이 뒤풀이로 노래방을 갔으며, 헤어질 무렵 늦은 밤이지만 우리는 행복한 우동가게에 들렀다. 행복한 우동가게는 충주에 있는 작고 아담한 시인의 공원 맞은편에 있다. 허름한 우동가게에 들어서면 내부에는 온갖 낙서장이 다녀간 사람들의 흔적을 남기고 있다. 그 많은 사람들이 남긴 흔적을 읽어보면 참 재미있다. 우동가게는 그날 함께한 우리들의 흔적이다. 언젠가 나는 사랑하는 아내 그리고 마음이 맞는 사람들과 행복한 우동가게에 와서 추억을 만들고 싶다.

　인생에 있어서 떼어놓을 수 없는 것이 여행이다. 여행은 유람이 될 수도 있고 마음 따라 훌쩍 떠나고 싶은 곳일 수도 있다. 아무튼 삶에는 여행이 있다. 학창 시절에 봄가을이면 가는 소풍, 수학여행은 잊을 수 없는 추억이다. 가족, 친구들과 함께한 여행은 삶의 원동력이며 활력소다.

여행의 흔적은 내면 깊숙이 자리 잡은 아름다움이겠지만 단연 추억의 사진이다. 누구나 수려한 경관이나 명승지를 마주하면 사진을 찍는다. 훗날 사진을 보고 지난 시절을 떠올리며 추억한다. 사진 속에는 아름다운 잊지 못할 추억의 세상이 펼쳐진다.

어느 날 문득 학창 시절의 졸업앨범을 볼 때가 있다. 학우들의 사진을 볼 때마다 만감이 교차한다. 그들은 지금 무엇을 하며 살아갈까? 만나고 싶은 마음은 간절한데 막상 만나면 어떤 감정일까? 교정에서 함께한 꿈 많은 시절의 모습이 남아 있을는지, 세월의 흐름에 어쩔 수 없이 변했는지 상상하는 것도 흥미롭다.

요즘은 참 편리한 세상이다. 언제 어디서나 남기고 싶으면 스마트폰으로 동영상이나 사진을 촬영하면 된다. 보고 싶을 때는 언제나 열어보면 된다. 너무나 편리하니 흔적의 맛을 덜 느끼게 된다. 아무리 좋은 물건이라도 많으면 그 가치가 떨어지기 마련이듯 쉽고 흔한 흔적은 추억이나 기억에서 오랜 여운을 주지 않는 것 같다.

돌아보면 가장 값진 흔적은 아마도 말보다 글로 쓴 편지나 엽서가 아닐까? 디지털시대에는 편지를 쓰는 사람은 거의 없는 것 같고 가끔 엽서를 보내는 사람은 있는 것 같다. 엽서 한 장이 추억이 묻어나며 보낸 사람의 마음을 오랫동안 간직할 수 있어 좋다.

나는 아주 기억에 남는 엽서를 받은 적이 있다. 오래전에 후배라고 자기를 소개하면서 주간지 구독을 해 주십사 하는 한 여성으로부터 전화를 받았다. 도와주고 싶은 마음이 있어서 쾌히 승낙했다. 며칠 후 엽서를 보내왔는데 그 사연이 나를 감동시켰다 그녀는 신문사 출판부에 입사한 신입 직원으로 주간지 구독 담당자라고 한다. 그녀는 전혀 모르는 나에게 전화를 했는데 내가 첫 번째 고객이 되어서 정말 날아가고 싶은 심정이었다고 한다. 고맙고 감사하다는 말을 덧붙이며 엽서에 가득 찬 글씨 마지막에 그 이름이 조순옥이었다. 나는 그 엽서를 볼 때마다 순옥이라는 이름은 수수한 것 같은데 성이 조 씨라서 성과 잘 어울리는 이름으로 지금도 여자 이름으로 아주 멋있다고 생각한다.

아, 그때 받은 감동을 바로 전했어야 했는데 망설이다 답장하질 못했다. 그녀가 보내준 엽서는 책갈피로 사용하면서 가끔 보고 있었다. 그런데 이사를 하고 나서 어느 책에 두었는지 찾을 수가 없다. 몇 번이나 책을 뒤져봐도 찾지를 못했지만 그 엽서는 얼굴도 모르는 그녀의 아름다운 흔적이다.

우리는 살아가면서 많은 사람들을 만난다. 사람과 사람 사이에는 흔적이 있게 마련이다. 무심코 지나치면 흔적을 찾을 수 없다. 흔적은 서로의 존재를 의미하며 서로를 연결시켜 준다. 역사에도 흔적이 있듯 인간사에도 흔적이 있다. 가장 가까운 사람일수록 소중한 흔적을 갖고 있어야 한다.

부모님과 나의 흔적은 무엇일까? 내가 지천명의 나이가 되었으니 많은 흔적이 있다. 하지만 대부분이 내 마음속의 흔적이다.

"높은 저 하늘보다 넓은 저 바다보다 당신의 은혜로움이 더욱 높고 넓은 사랑입니다. 세찬 비바람이 휘몰아쳤던 인고의 세월에 갈대처럼 유연하고 강철처럼 강했던 당신의 모습입니다. 가슴 한편에 남아 있는 당신의 바람에 보답하지 못한 흔적이 더욱 아려옵니다. 세상이 끝나는 날까지 많은 사람들을 사랑하며 살겠습니다."

부모님과의 흔적을 생각해 보니 내게는 그리운 흔적이 많지만 부모님은 서운한 흔적이 남아 있을 것이다. 이해는 하겠지만 자식이 야속할 때가 있었을 것이다. 젊은 날에 주변의 어르신들과 충돌하면 청춘이 영원하냐, 너희는 안 늙는 줄 아느냐고 하는 지나가던 말씀이 가슴을 아리게 한다.

흔적은 우리들의 삶이다. 우리는 좋은 흔적을 만들고 남겨야 한다. 지난 시절의 흔적을 찾아가는 것도 멋있지만 새로운 흔적은 더욱 값지다. 가을볕에 알알이 영그는 곡식에게 뜨거운 여름날이 있었듯이, 황혼의 아름다움을 위하여 샘물처럼 솟아나는 흔적을 만들고 간직해야 한다.

인면수심을 보며

    나는 언론이나 방송에서 지체장애인을 상습적으로 성폭행하고, 사기를 쳐서 힘없는 서민을 울리고, 폭력으로 재산 갈취 및 인권을 유린하는 기사를 접할 때마다 저런 사람들은 대체 어떤 사람인지 속이 메슥거린다. 저 사람들의 뇌는 어떻게 생겼을까, 정말 이해할 수 없다. 잊을만하면 터지는 사건을 보면서 우리 사회의 비극적인 단면에 분노와 회의를 느낀다.

    열 길 물속은 알아도 한 길 사람 속은 모른다는 속담이 있듯이 사람의 마음은 알 수가 없다. 사람의 마음은 다양하고 천차만별이어서 가까운 사람일지라도 어떠하다고 말하기는 어렵다. 사람의 마음은 그만큼 깊고 넓으며 헤아릴 수 없다.

    우리는 사람으로서 하지 말아야 할 짓을 저질렀을 때 인면수심의 파렴치한 인간이라고 한다. 인면수심은 사람의 얼굴을 하고 있으나 마음은 짐승과 같다는 뜻으로 몹시 흉악한 사람을 이르는 말이다. 사람과 짐승을 비교할 수 없지만 어떤 면에서 사람은 짐승이하다.

    짐승은 본능에 따라 먹고, 싸우며, 새끼를 친다. 짐승은 배가 부르면 더 이상 먹지 않으며, 싸움을 하더라도 종족을 죽이지 않으며, 필요할 때만 새끼를 친다. 이에 비해 사람은 짐승의 성질을 지닌 탐·진·치가 끝이 없다. 사람은 먹는 데서 시작해서 강도짓을 하고, 미워하는 데서 살인하는 데까지, 음담패설에서 강간에까지 이른다. 이런 면에서 볼 때 사람은 짐승 이하라고 할 수밖에 없다.

사람의 마음은 알 수가 없지만 보편적으로 사람을 알려면 뇌 구조와 기능을 살펴보아야 한다.

뇌는 우리 몸의 어떤 장기 못지않게 복잡하게 얽힌 구조를 하고 있다. 기본적으로 뇌는 세 부분으로 나누어진다. 뇌의 바깥층이 신피질이고 중간층이 구피질이며 안쪽에 위치한 층이 뇌간이다.

신피질은 논리적 추리, 이성적인 분석과 판단, 기억에 관여한다. 인간은 신피질이 고도로 발달하여 언어 능력을 발전시키고 추상적 이념과 종교를 창조하고 법률을 만들고 문명의 개화를 이루어냈다. 생물학적 차원에서 인간이 다른 동물과 구별되는 것은 신피질 때문이다. 신피질은 인간의 기본적인 본능을 제어하는 능력이 있다.

구피질은 감정과 욕구의 영역을 다스린다. 식욕과 성욕, 희노애락 애오욕의 다양한 감정들이 일어나는 곳이 구피질이다. 오감을 관장하는 역할도 구피질의 영역에 속한다.

신피질이 크게 발달함에 따라 구피질은 상대적으로 그 크기가 줄어들었고, 고양이나 개와 같은 동물들의 구피질보다 비교적 덜 발달되어 있다. 구피질이 발달된 동물들을 보면 개는 인간보다 훨씬 탁월한 후각을 지니고 있고, 독수리는 높은 상공에서 멀리 떨어져 있는 쥐를 보는 능력이 있다.

구피질과 신피질은 서로 견제하는 상관관계가 있다. 맛있는 음식이 있을 때 구피질은 먹으라고 지시한다. 그러나 신피질은 비만을 생각하여 먹으면 안 된다고 제어한다. 매혹적이고 관능미 넘치는 이성을 대하면 구피질은 강한 성욕을 느끼지만 신피질은 이성적으로 생각하고 판단한다. 이런 식으로 신피질은 구피질의 본능적인 욕구를 조절한다. 구피질의 욕구와 신피질의 조절 능력이 서로 균형을 유지할 때 우리의 몸과 마음은 조화롭다.

가령 술을 마시면 알코올이 뇌에 작용하여 구피질보다 신피질에 영향을 미친다. 신피질의 기능이 억제되면 이성적으로 판단할 수 있는 능력이 약화되어 구피질의 본래 기능대로 본능적으로 감정적인 행동양상을 띠기 쉽다. 그래서 평소에 억눌려 있던 감정이 분출되어 사고를 치기도 한다.

신피질과 구피질 사이의 균형 감각을 얼마나 잘 발휘하느냐에 따라 개인의 성격과 인격이 드러난다. 신피질의 힘이 너무 강한 사람은 자꾸 안으로 움츠러들게 되고 자신도 모르게 완벽주의자가 되기 쉽다. 반대로 구피질의 요구에 더 잘 따르게 되면 순간적인 욕구 충족에 급급하게 되고 이런 사람들은 일반적으로 조직사회에서 활동하는 데 어려움을 겪게 된다. 이 두 부분이 서로를 보완하고 조절하며 균형을 이룰 때 행복하고 건강한 생활을 할 수 있다.

신피질과 구피질의 조화보다 더 중요한 것이 뇌간이다. 뇌간은 소화, 호흡, 순환 등 인체의 생명유지를 위한 기본 기능을 관장하는 자율신경조직을 책임진다. 뇌간은 끊임없이 심장을 박동하게 만들고, 한순간도 쉬지 않고 폐를 확대 수축하도록 움직이며 살아 숨쉬게 한다. 뇌간은 선과 악을 구분하지 않는다. 흉악한 살인범의 몸이건 고매한 성인의 몸이건 상관없이 뇌간은 사람의 몸을 제대로 유지하고 작동하는 일을 할 뿐이다. 뇌간은 생명을 직접 관리하는 중요한 역할을 하기 때문에 신피질의 오판이나 변덕에 의해 영향을 받지 않도록 기능적·구조적으로 분리되어 있다.

뇌의 구조를 보면 사람은 기막히게 조화롭다. 신이 인간을 창조했다면 탄복하지 않을 수 없다. 그렇지만 인간은 조화로운 뇌의 구조를 가지고도 어떤 면에서는 잘 활용하지 못하고 있다.

사람의 뇌는 신피질과 구피질 간의 여러 가지 조합으로 이루어진다. 신피질 내에서도 순기능과 역기능, 이성과 비이성으로 나누어진다. 구피질도 좋은 감정이 발달하여 감성이 넓고 깊어지기도 하며, 이와는 반대로 자신의 욕구만 추구하는 방향으로 발전하는 경우도 있다.

우리 사회에는 인간 만사가 다양하여 어떠한 일도 일어날 수 있지만, 인간으로서는 도저히 저질러서는 안 되는 반인륜적인 범죄가 종종 발생한다. 가족을 살인하는 것을 보면 사람의 마음이 어떨까 상상이 안 간다. 살인은 원한이나 복수심으로 사람을 미워함에서 기인되는데 가족 살인은 그런 것 같지 않다. 미워함보다도 금전적인 욕망에 사로잡혀 범죄를 저지르는 것 같다. 전문가들은 가족 살해의 가장 큰 이유로 사회 경제적인 문제로 분노한 사람이 가족에게서 위로 받지 못할 때 그 분노와 적개심이 상대적으로 편하고 약하다고 느낀 가족에게 표출된다고 한다.

그런 사정이나 이유가 있다고 하더라도 가족을 살인할 정도로 성장했다면 인간의 마음은 무엇일까? 이성이란 감정 앞에서는 무용지물인가. 감정도 나쁜 쪽으로만 발달했는가. 이성이 나쁜 감정에 동승하여 감정표출에 기름을 붓는 역할을 하고 있는가. 이는 세상이 자기 뜻하는 바와 너무나 동떨어지고 사람들에게 왕따 당하는 삶을 살아오지 않았는지 잘 모르겠다.

사건이 터질 때마다 사람들은 범죄자를 향해 그럴 줄 알았다, 아니면 전혀 의외라는 말을 한다. 사람의 마음이란 어떤 행동을 할지 아무도 모른다. 좋든 나쁘든 어떤 일에 대해 그 사람이 전적으로 그렇다거나 전혀 아니라고 할 수는 없다. 사람에게 마음이란 인자가 있다면 그것은 많고 적음의 차이며 모든 인자를 다 갖고 있다.

사람의 마음에 대해 냉정히 생각해 보면 어떻다고 할 수 있을까? 각자의 마음은 알 수 없지만 고귀하고 아름다움에서 사악하고 비열함에 이르기까지 무한할 것이다. 그러한 마음이 생기게 되는 연유는 무엇일까? 가정과 학교, 사회를 거치면서 접하는 환경이 그 사람의 마음을 그렇게 만들었다고 하는 편이 맞을 것 같다. 그러한 환경의 중심에는 사람이 있고 거기에는 사랑이 있어야 하는데 그렇지 못해서 그럴 것이다.

우리는 불미스런 사건이 터질 때마다 분노만 했지 근본적인 해결책은 생각하지 않는다. 서로를 비난하며 가정이나 학교에서의 인성

교육을 탓하고, 경쟁을 부추기는 사회의 구조나 제도를 탓하고, 범죄를 집행하고 예방하는 사람들을 탓하는 데 그치지는 않았는지 반성해야 한다. 우리는 살아오면서 주변 사람들에게 사랑의 눈길을 주었는가, 그들의 어려움을 이해하고 도우려고 했는가, 나만 잘되면 그만이라는 이기적인 생각만 하지 않았는지 돌아봐야 한다.

아무리 세상이 급변하여도 우리가 익히 알고 있는 온고지신을 해야 한다. 옛것을 익히고 그것을 통해 새것을 알아야 한다. 선조들은 유학의 사단칠정을 논하고 사람의 인성을 가장 큰 덕목으로 삼아 교육하고 수양해 왔다. 사람의 마음이 보편적으로 되기 위해서는 스스로 몸과 마음을 닦아야 하고 가까운 사람과 이웃을 사랑해야 한다. 사람이 함께하는 세상은 사랑이 있어야 한다. 사랑은 관심과 배려를 하는 것이다.

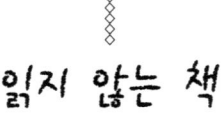

읽지 않는 책

　책은 기록물로서 가치가 있지만 읽기 위한 것이다. 책은 누군가에게 필요하지만 아무리 유익한 책이라도 읽지 않는 사람에게는 무용지물이 된다. 인간이 삶을 영위함에 있어 책은 없어서는 안 된다. 인터넷이 지배하는 사이버세상이라 해도 지식과 지혜를 습득하는 과정에서 책의 역할은 아무리 강조해도 지나치지 않다.

　독서를 좋아하든 싫어하든 그것은 그 사람의 취향이며, 독서와 관련하여 책의 가치와 경중을 논하는 것은 적절하지 않다. 서점에 가면 하루가 다르게 책이 홍수처럼 쏟아져 나오는 것을 보면 책의 다양함과 세상의 무한함을 느낀다. 저 책을 쓴 저자는 어떤 사람일까, 한 번쯤 상상해 본다. 책은 독자들이 많으면 많이 출판되고 독자에게 관심이 덜하면 적게 출판될 수밖에 없다.

　나는 어린 시절에 책이 있는 곳은 학교 도서관 정도로 알았고 이웃이나 친구네 집에 가면 책장에 책이 있는 것을 볼 수 있었다. 대부분이 사상전집, 문학전집이지만 무지 부러웠다. 그러한 책은 잘 읽지 않더라도 책을 갖고 있다는 것만으로도 뿌듯했을 것이다.

　책은 가치 있고 좋은 것이지만 선물하기에는 신경이 쓰인다. 내가 좋아한다고 해서 상대방도 좋아한다고 볼 수는 없다. 독서가 인생의 지침서는 맞지만 사람에 따라 취향이 다르니 쉽게 권할 수도 없다. 마음이 어지간히 통하거나 잘 알지 못하면 책을 선물하기가 꺼려진다.

관공서나 공공기관, 일반회사에서 관리나 홍보 업무를 담당하는 사람들은 한 번쯤은 느꼈을 것이다. 세상에서 읽지 않는 책이 무엇인지를 말이다. 그것은 언론사에서 매년 출판하는 책이다. 책이라기보다는 기념출판물에 지나지 않는다. 출판한 사람들은 가치가 있다고 할지라도 일반인들은 거의 보지 않는다. 사람들이 보지 않는 연감, 기자가 본 뉴스 등의 책을 출판해 놓고 판매하려니 애로사항이 많을 것이다. 그래서 언론사의 힘을 동원하여 언론에 취약한 사람들에게 드러나지 않게 강매한다.

이런 우스개 이야기가 있다. 기자와 경찰과 국회의원 보좌관이 어느 식당에서 식사를 했다. 누가 계산을 했을까? 답은 식당 주인이다. 아무도 계산하지 않으니까 아니꼽지만 어쩔 수 없이 식사비를 받지 않는 것이 마음이 편해서다. 혹시나 어떤 일이 발생하면 그들로부터 도움을 받을 수 있지 않을까 하는 심정으로 자신을 위로하는지도 모르겠다. 예전에는 그렇겠지만 지금은 그들이 두렵거나 무서워하는 사람은 별로 없다. 그들이 아무리 힘이 없다 하여도 좋아하는 사람도 별로 없다. 언론사 출판물을 접하는 담당자는 식당 주인의 심정과 별반 다를 것이 없다.

지금은 사정이 많이 달라졌지만 10여 년 전만 해도 책의 강매는 조직의 관리 담당자에게는 적잖은 고민거리였다. 언론사에서는 매년 연감을 출판해야 되고 출판비용이 어느 정도 보전되어야 하니 어쩔 수 없이 강매할 수밖에 없지 않겠는가.

그렇다 하더라도 다량의 연감 출판은 사회적인 비용이 허비되는 격이다. 양질의 종이로 출판하니 더욱 비용이 많이 들 수밖에 없다. 양이 상당하여 한 질에 10~20만 원이 된다. 어느 기관이건 산하 기관별로 도서 인쇄비가 책정되어 있는데 7~8개 언론사로부터 매년 출판물 구매를 강요받으니 담당자는 스트레스를 많이 받는다. 도서 인쇄비의 30% 정도가 직원에게 필요 없는 비용으로 집행되니 참 한심하다.

직접 판매하든 위탁 판매하든 간에 언론사 출판물 판매 담당자는 유형이 가지가지다. 책과 계산서를 그냥 보내고 후에 입금이 안 되었다고 하는 사람, 책과 계산서를 먼저 보내고 전화하여 자신을 장황하게 설명하고 누구를 잘 안다고 하는 사람, 매년 부탁을 하면서 이번에 한 번만 구입해 달라고 정중하게 도움을 요청하는 사람 등 다양하다. 그래도 도움을 요청하는 사람은 양호하다. 강매의 흔적이 너무 강한 사람이 얄미워서 책을 반송도 하고 예산이 없다는 핑계를 대도 결국 윗사람을 통해 구입할 수밖에 없게 만든다.

한 기관에 오래 근무하다 보면 눈에 띄는 것이 언론사 출판물이다. 출판물이 가지런히 정리되어 있으면 책을 보든 보지 않든 담당자는 참 부지런한 사람이다. 소모품 창고에 들어가면 계산서봉투만 빼고 받은 상태로 방치되어 있는 책도 있다. 책이 사람이라면 어떤 생각을 할까? 나는 언론사에서 탄생했는데 세상의 관심을 받지 못하여 누추한 창고에서 썩어간다고 한탄할 것이다.

　나는 독서가 취미라서 책을 많이 구입하는 편이다. 한때는 책장에 책이 차곡차곡 쌓이는 것이 보람이던 시절도 있었다. 몇 번 이사를 하다 보니 더 이상 읽을 필요가 없는 책을 군이 갖고 있을 필요가 없다고 생각했다. 상당 부분을 아파트의 재활용 장소에 갖다 놓으니 순식간에 없어졌다. 책은 나에게는 필요 없어도 누군가에게는 필요한 경우도 있다는 것을 알았다.

　나는 오래전에 조정래의 소설 『태백산맥』, 『아리랑』, 『한강』을 아주 감명 깊게 읽었다. 훗날 우리 아이들이 자라서 읽을 만하다고 생각하여 잘 보관하고 있으나 아들들은 전혀 관심이 없다. 자신들이 필요한 책을 도서관에서 많이 빌려오는데도 내가 좋다고 생각하는 책과 거리가 있다. 독서는 누가 강요해서 될 일이 아닌 것 같다. 책도 시대와 환경에 따라 다르고 베스트셀러도 그 시기에 한정된다. 그래서 책에도 고전이란 수식어가 따라 다닌다. 시대를 뛰어넘어 변함없이 읽을 만한 가치를 지니는 책이 얼마나 소중한 책인가. 내용은 고전인데 독서하기에는 어려운 책도 많다.

　책 선택에도 신중해야 한다. 내가 직접 고른 책 가운데도 몇 권은 읽지 않은 책이 있다. 하물며 본인의 의사와 관계없이 구입하게 된 책은 읽지 않은 책이 더 많을 것이다. 책은 시장의 원리에 맡겨두어야 한다. 수요에 따라 공급되어야 한다. 인위적인 출판은 자제되어야 한다. 형식이나 가식적인 책은 오히려 민폐가 될 수 있다. 읽지 않는 책을 생각하면 세상이 씁쓸해진다.

공정한 사회

　우리가 사는 사회는 불평등하다. 어떤 사람은 부모 잘 만나서 생활하는 데 어려움이 없고, 어떤 사람은 주변 환경이 열악하여 살아가는 데 어려움이 많다. 또한 타고난 재능이나 미모 등으로 사회적으로 높은 지위에 오른다거나 남들보다 돈을 더 많이 번다면 그렇지 못한 사람들이 볼 때는 좀 억울하다. 사람은 평등하지만 능력에 있어서는 평등하게 태어났다고 볼 수 없다. 사회는 다양한 사람들이 살아가기에 늘 공정성 문제가 대두된다.

　사람들은 우리 사회를 공정하다고 생각할까? 적어도 공정성에 있어서는 긍정보다는 부정적으로 생각하는 사람들이 더 많을 것이다. 사람들의 속마음을 정확히 알 수는 없지만 정부의 여론조사에 따르면 "우리 사회는 공정한가?"에 대해서 결과는 충격적이다. 국민의 73%가 "우리 사회가 공정하지 않다"고 답했다. 심지어 불합리하다고 느끼는 사람도 있다.

　조사 결과에 따르면 절대다수가 우리 사회가 불공정하다고 생각한다. 이는 무엇보다 경쟁이 공정하지 않다는 것이다. 특히 청년세대가 공정하지 않다고 믿고 있다는 결과는 심각하게 받아들여야 한다. 젊은 세대들이 자신에게는 공정한 기회가 주어지지 않고 노력한 만큼의 정당한 보상을 받지 못한다고 믿는다면 미래는 어두울 수밖에 없다.

경쟁은 승자와 패자를 가르는 갈등을 내재하고 있을 뿐만 아니라 모두가 똑같은 여건이나 조건에서 시작하지 않기에 원천적으로 공정하지 않는 속성을 지니고 있다. 또한 경쟁은 어떠한 룰을 만들고 적용하더라도 불만이 있게 마련이지만 대다수가 수긍할 수 있게 유지되어야 한다. 이러한 것은 정부가 책임져야 하며 정책이나 법을 기획하고 집행하는 공무원이 공정하고 솔선수범해야 한다.

사회의 공정은 경쟁과 분배에 있다. 경쟁이 공정하고 분배가 공정하다면 그 사회는 정의로운 사회다.

먼저 경쟁이 공정한가다. 자유민주주의 사회는 진학 취업, 국가시험 등에 있어서 경쟁해야만 한다. 경쟁의 기본은 능력이며 그 능력에 따라 결정되어야 한다. 경쟁의 룰이 법과 제도다. 법과 제도를 만들고 바꾸는 데 있어서 유리한 사람과 불리한 사람이 있게 마련이다. 사회가 발전하고 변화함에 따라 법과 제도도 그에 맞게 적절히 변화되어야 한다. 이해 당사자들의 전체 의견을 수렴하면 좋겠는데 현실적으로 그렇게 할 수 없는 사회가 되었다.

어떤 법이나 제도가 도입되더라도 구성원 대부분이 만족하는 것은 없다. 사회 구성원이 다양하고 의견이 천차만별이기 때문이다. 다만 그 제도나 법을 개정하는 시점에 해당되는 사람들은 불이익을 받을 수 있다. 법과 제도가 다소 현실과 맞지 않는 면이 있을지라도 모든 사람들을 만족시키는 법이나 제도는 없기에 형식적으로 어느 정도는 공정하다고 봐야 한다.

공정성의 문제는 법과 제도를 집행하는 사람들에게 있다. 일례로 취업이 어렵지 않다면 공정성에 크게 신경을 쓰지 않는다. 어쩌면 삶이 경쟁을 넘어 전쟁이기에 더욱 공정해야 한다.

우리 사회는 보이지 않는 불공정이 산재해 있다. 특정인에게만 중요 정보나 기회를 제공해서도 안 되지만 부정과 비리 등이 난무하는 세상이다. 경쟁에 있어서 기회가 균등한 사회가 되어야 하지만 이에 연관된 사람들이 차별, 반칙, 위반을 한다.

사건이 터질 때마다 법과 제도의 잘못을 탓하고 손질하지만 그보다도 이를 관리하고 집행하는 사람들에게 문제가 있다. 사람들은 도덕성과 공정한 사회관을 견지하고 불공정을 추구하지도 집행하지도 말아야 한다. 자유민주주의 사회는 경쟁이 있게 마련이며 사회시스템은 선의의 경쟁을 하도록 되어야 한다. 경쟁에서 탈락한 사람들도 함께 잘 살 수 있도록 배려하는 사회가 되어야 한다.

다음은 분배가 공정한가다. 정의로운 사회는 그 사람에게 정당한 몫을 주고 기여한 정도를 평가해 주는 것이다. 그렇지만 세상이 각자가 원하는 만큼의 몫을 모두가 가져갈 수 없는 사회이기에 공정의 문제가 대두된다.

생산과 분배에 있어서 최적의 방법은 없을까? 자본주의 사회는 더 나은 능력을 발휘할 수 있는 사람에게 더 많은 대가를 줌으로써 다른 모든 사람도 이득을 얻게 된다는 생각을 바탕에 깔고 있다.

벤담이나 밀이 주장한 공리주의는 자본주의 사회를 대변한다. 최대다수의 최대행복이 되는 사회를 누가 싫어하며 반대하겠는가. 하지만 여기에도 함정이 있고 부작용이 있다. 자본주의 사회는 자유경쟁하는 시장원리에 따라 굴러간다. 공리주의가 좋은 것은 맞지만 가장 큰 문제는 양극화 내지 빈부의 격차가 커진다. 이를 해소하는 것이 정부의 역할이다.

사회 구성원의 최대다수의 최대행복을 위하여 규제 없는 완전경쟁을 도입하고 동시에 최적의 분배정책을 쓰면 되는데 그것이 그리 쉬운 일이 아니다. 단순한 논리로 생각하면 부자들에게 돈을 많이 벌게 하고 그들의 소득의 일부를 세금으로 환수하여 빈자들에게 나누어 주면 된다. 그러한 정책을 쓰면 이상적일 것 같은데 잘못하면 양쪽 다 불만이 팽배한 사회가 될 수 있다.

우리 사회는 늘 정규직과 비정규직, 대기업과 중소기업, 대형마트와 전통시장 간에 갈등이 있다.

정규직과 비정규직만 보더라도 능력이나 분배에 있어서 차별이 심하다는 것을 알고 있다. 그렇지만 정규직과 비정규직이 존재할 수밖에 없는 이유는 경쟁을 바탕으로 하는 자본주의 사회이기 때문이다. 법으로 비정규직을 없애면 기업의 입장에서는 생산성이 떨어지고 근로자 입장에서는 일자리가 줄어들 것이다. 사람들은 자신이 정규직이나 비정규직이냐에 따라 입장이 확연히 다르다. 정규직인 사람들이 비정규직과 급여의 일부를 나누려고 하지 않는다. 정규직 근로자들은 노동조합을 결성하여 자신들의 이익은 추구하면서도 비정규직과의 상생에는 관심이 없다. 문제는 같은 직장에서 동일한 일을 하는데 비정규직이라는 이유로 정당한 몫을 받지 못하면 공정한 사회라고 할 수 없다. 이러한 경우는 분명 개선되어야 하지만 쉽게 해결되지 않는 것이 현실이다.

기업의 속성은 이익을 추구하는 것이다. 대기업과 중소기업의 관계도 서로 협력하여 상생하는 것이 이상적인데 그러지 못하는 경우가 다반사다. 대기업과 중소기업은 규모의 면에서 가장 큰 차이가 있으며 추구하는 영역이 다르다. 현대사회는 물건 하나를 생산하는 데도 분업화·전문화되어 있어서 대기업이 모든 것을 다 할 수는 없다. 대기업이 하기에 부적합한 부분을 중소기업이 담당하고 있다. 중소기업은 대기업이 필요한 전문화된 부품을 생산하거나 사회가 필요로 하는 소량 다품종의 제품을 생산한다. 대기업과 중소기업은 사업의 규모나 영역이 구별되는데도 상생하지 못하는 경우가 있다. 중소기업이 대기업을 침해하는 것이 아니라 대기업이 자신들의 이익을 위하여 중소기업을 침해하는 것이다. 진정한 악어와 악어새의 공생관계가 되어야 하는데 외관상으로는 상생협력을 강조하면서도 현실적으로는 불균형관계다.

사람이 살아가는 데 필수적인 것이 먹을거리다. 대형마트와 전통시장은 생활에 없어서는 안 되는 밀접한 곳이다. 대형마트와 전통시장은 독특한 그들의 영역이 있긴 한데 법으로 구별되지는 않는다. 문제는 대기업이 대형마트를 운영하면서 그 전에 취급하지 않았던 상권을 확장하기에 분쟁이 일어난다. 전통시장은 생존권에 위기가 오니까 저항하지 않을 수 없다. 사람들은 도의적으로 그들이 싸울 수 없게 물품을 가려서 구매하면 될 것 같은데 현실은 그렇지 않다. 소비자들은 값싸고 양질의 제품을 선호하다 보니 그들의 싸움에는 관심이 없으며 오히려 그들이 경쟁하면 할수록 이익이 되는 형국이다.

공정한 사회는 너무나 당연한 것이며 이를 이루기 위해서는 정부와 공직자의 책임이 막중하며 사회 구성원 모두가 노력해야 한다.

조직이나 직장에 있어서 구성원들의 꿈과 희망이 무엇일까? 보편적으로 복지향상과 승진일 것이다. 복지에 대하여는 대체적으로 불만이 적을 수 있지만 승진에 대하여는 끊임없이 공정성 시비가 내재한다. 승진한 사람은 공정하다고 할 것이고 승진하지 못한 사람은 불공정하다고 한다. 그들의 생각이 전부 맞는다거나 전혀 아니라고 할 수는 없다.

불공정한 면이 있다면 시정하면 되는데 표면적으로 나타나지 않는 것이 있다. 그것은 보이지 않는 마치 거미줄 같은 힘이 존재한다. 이러한 힘은 혈연, 지연, 학연에서 시발하여 기득권이 형성된 것이다. 조직원들은 보이지 않는 장애를 헤쳐가기 위해 업무 외적인 것으로 접근한다. 그러다 보니 부작용이 있게 마련이그 이러한 부분이 공정하지 못하다는 것이다.

공정성 시비가 없는 건실하고 튼튼한 조직이나 직장이 되자면 공정한 제도는 필수적이고 그에 못지않게 권력을 갖고 있는 사람들이 기득권을 내려놓아야 한다. 권력을 행사하는 사람들의 기득권과 공정성은 반비례한다. 기득권을 갖고 있는 것만큼 불공정한 조직이 될 것이다. 우리는 인간이기에 어느 정도 불공정을 인정하는 것이 마음이 편할지도 모른다.

자본주의 사회는 최대다수의 최대행복이 생산적인 면에서는 최적이라고 볼 수 있다. 이를 위해서는 완전 자유경쟁체제가 되어야 한다. 그렇지만 분배에 있어서는 부작용이 클 것이다. 빈부의 격차를 줄이고 정당한 분배를 위해서 정부가 규제 개혁 등으로 개입해야 한다. 정당이나 정치인이 재벌 개혁을 주장하는 것도 강자와 약자, 빈부의 균형을 맞추기 위한 것이다. 규제와 개혁은 적정한 선에서 이루어져야 한다.

극단적인 처방으로 재벌 해체를 주장하는 사람들도 있다. 그렇게 하면 공정한 사회가 될 것 같지만 현실은 그렇지 않을 수도 있다. 대기업, 재벌의 오너들은 이익을 최우선적으로 추구하지만 그들은 생사를 걸고 기업을 운영하고 있다. 재벌을 해제하고 전문경영인이 대체되었을 때 경영 성과가 더 나을 수도 있지만 기업의 환경은 시련이 있게 마련이다. 어려움이 직면했을 때 이를 극복하고 성장 발전하리라는 보장이 없다. 전문경영인은 진정한 주인이 아니므로 실패하더라도 무한책임을 지지 않는다.

대부분의 공직자는 국민이나 고객을 최우선으로 생각하며 일하는 것이 아니다. 마음은 그렇지 않다고 하지만 현실은 자신의 이익이 먼저 생각하고 업무를 수행한다고 봐야 한다. 그들은 공직을 빙자하여 사욕을 먼저 생각하는지도 모른다. 권력욕이 강하기에 멸사봉공은 남의 이야기일 수 있다.

정부는 예산을 편성하여 상대적으로 빈자들에게 분배정책을 실시한다. 또한 수해 등의 피해를 당한 사람들에게 보상한다. 사람들은 이러한 분배가 적절하게 잘 이루어진다고 보지 않는 것 같다. 수로를 따라 물이 흘러가면 어느 정도 누수현상이 있듯이 분배에도 누수현상이 존재하기 마련이지만 정당하게 분배가 되지 않는다면 공정한 사회라고 할 수는 없다. 이러한 책임은 전적으로 공직자에게 있다.

공정한 사회는 하루아침에 이루어지지 않는다. 법을 제정하는 정치인에서부터 제도를 실행하는 공무원에 이르기까지 모두가 노력하지 않으면 공정한 사회가 될 수 없다. 감독·감시기관에 종사하는 사람들뿐만 아니라 사회구성원 모두가 관심을 갖고 실천해야 진정한 공정사회가 될 수 있다.

제4장

함께하는 사랑

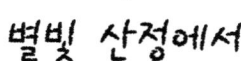

별빛 산정에서

　어둠이 드리워진 밤하늘을 보면 먼저 시야에 들어오는 별자리가 있다. 그 별자리는 북극성을 중심으로 마주보는 큰곰과 카시오페이아다. 그들이 보이지 않으면 나도 모르게 두리번거리며 찾고 있다. 그들이 선명하게 빛을 발하면 슬픔과 서러움이 있어도 별빛 따라 저 하늘로 날아가고 싶다.

　북두칠성과 카시오피이아는 아주 멀리 떨어져 있어도 정말 정답다. 시각에 따라 위치만 바뀔 뿐 그들은 언제나 가족처럼 연인처럼 함께 이동하며 살아간다. 계절에 따라 한쪽만 보일 때도 있지만 나는 보이지 않는 다른 쪽을 마음으로 보고 있다.

　오늘은 밤하늘이 무척 좋은 날이다. 나는 지금 문성자연휴양림 능선에 서 있다. 밤하늘에 빛나는 별들을 보고 무한 우주와 소통하기 위해서다. 충주시 노은면 문성리에 조성된 문성자연휴양림은 여느 휴양림과 마찬가지로 숲 속의 아늑한 정취를 느낄 수 있다. 특히 휴양림 내에 목재문화 체험장과 고도원의 '아침의 편지' 문화재단에서 운영하는 '깊은 산속 옹달샘'이 있어 더욱 좋다.

　하늘과 땅 사이에는 수많은 생명체가 있는데 오늘 밤은 별과 나무, 간헐적으로 들리는 벌레소리, 스치는 바람소리가 고작이다. 그런데 별빛이 세상을 꽉 차게 한다. 별빛이 쏟아지는 풍경은 영화의 한 장면 같다. 쉼터에 누워 아주 편안하게 밤하늘을 응시해 본다. 별자리를 찾으며 별들과 하나 되어 그리운 사람들을 떠올려 본다.

구름은 나비 되어 허공으로 날아가고 별빛은 꽃잎 되어 하염없이 떨어진다. 별을 따라가는 내 마음은 추억의 동그라미를 그린다. 이슬 맺힌 눈가에는 서러움이 일고 아련한 가슴에는 그리움이 더해진다. 아, 그대는 어디에 있는가. 지쳐버린 내 마음은 구름에 실리어 밤마다 별이 되어 꿈속을 헤맨다. 만나지 않아도 좋은 그리운 영상이여, 이 밤도 별 따라 간다.

별이 빛나는 밤에 그대는 무엇을 하고 있나요. 삶이 고단하여 꿈속으로 갔을 수도 있고, 별을 쳐다볼 짬도 없이 밤 깊도록 무언가에 열중할 수도 있고, 특별한 일 없이 휴식을 취하며 그냥 있기도 하겠지. 그대가 저 하늘의 별을 보고 있다면 그리운 사람이, 잊지 못할 추억이, 아름다운 생각이 스치겠지. 별을 한참 보고 있으면 알퐁스 도데의 『별』에 나오는 목동과 스테파네트 아가씨와의 지고지순한 사랑이, 황순원의 『소나기』에 나오는 소녀와 시골소년의 순결하고 로맨틱한 첫사랑이 떠올려지겠지.

바람이 멎고 산새들이 잠든 밤에도 누군가는 별을 보며 사랑을 주고받는다. 오늘밤도 그 옛날 시골에서 무심코 바라보던 그 밤하늘과 별 차이는 없다. 그대가 보는 밤하늘과 내가 보는 밤하늘은 하나다. 우리는 가장 멀리 아득히 오래된 순수한 빛을 보고 있다.

저 별들은 나의 별이며 또한 당신의 별이다. 별빛처럼 반짝이던 눈망울도 꽃잎처럼 아름답던 미소도 구름 속으로 풀잎 사이로 잠시 숨었을지라도 마음은 유유히 쉼 없이 밤하늘을 떠다닌다.

나는 무엇이며 누군가를 그리워하는가. 그대 잠든 밤에도 모든 이를 그리워하며 저 별들을 보며 정감을 나눈다. 밤하늘에 그냥 있는 별들도 때론 사랑이 되어 어디론가 가고 있다. 오늘따라 별들은 유난히 반짝이며 우리들의 사랑을 지켜주고 있다. 그대 저 하늘을 보지 않는다 해도 별빛 따라 사랑은 흘러만 간다. 먼 훗날 그대와 우연히 밤하늘의 별을 본다면 별은 더욱 반갑게 반짝일 것이다.

참 이상하다. 태양이 밝은 낮에는 우주를 생각하지 않거나 생각이 잘 나지 않는다. 일상 일이 바빠서 그럴 수도 있지만 밝음이 우리의 생각과 정서를 차단하는 것 같다. 어둠이 내리고 밤이 깊어지면 무심코 하늘을 보게 되고 우주를 그리워한다.

하늘에는 수많은 별들이 장구한 세월 동안 그 자리를 지키고 있다. 땅 위에는 다양하기 그지없는 생명체들이 오묘한 섭리에 따라 자신의 생명을 유지하고 있다. 광활한 우주공간을 바라보면 인간이라는 존재가 한없이 초라해 보인다. 그렇지만 생명을 유지하고 의식을 간직한 인간이 우주에서 얼마나 희귀하고 고귀한 존재인가. 그대여, 삶이 힘들고 답답할지라도 잠시 저 하늘의 별들을 바라보자. 지구보다 훨씬 큰 저 별들이 한 점으로 보이기도 하고, 때로는 초라하다고 생각하는 그대가 누군가에게는 우주에서 가장 소중한 사람이다.

별이 내린다. 밤하늘을 지키는 별들이 하나 둘 떨어진다. 별들은 아름다움과 꿈을 가득 싣고 내려온다. 별들은 초롱초롱한 아기의 눈망울 같기도 하고, 공부에 지쳐 조는 학생들 같기도 하며, 사랑하는 사람을 기다리는 연인 같기도 하다. 바람이 불어와 나뭇잎을 흔들면 별빛도 춤추듯 즐겁게 내려온다. 별빛은 끊임없이 내리는데 쌓이지는 않는다. 내려오는 사이에 누군가에게 사랑을 주었기에 그렇다.

별이 내려오는 산정에는 그리움이 있다. 지난 세월을 수놓았던 그리운 얼굴들이 하나 둘 동그라미를 그리며 끊임없이 겹쳐지며 밤하늘로 퍼져간다. 아름다운 별이여, 끝없는 사랑이여.

연꽃 추억

연은 물속 진흙에 뿌리를 내리고 양분을 빨아들여 물 위에 고운 연꽃을 피운다. 연꽃은 수려하고 화려하며 포근하고 다정다감하다. 연꽃을 보면 세상만사 만상만물의 감흥이 일어난다. 연은 흙과 물과 공간을 이어주며, 그러한 삶에서 피어나는 연꽃은 부드러우면서도 강인한 생명력을 지녔다. 불교와 연이 깊은 연꽃은 천상계에 핀다고 하는 성스러운 꽃이기도 하다.

나는 국민고충처리위원회에 근무할 때 전남 무안에 민원 조사를 갔다. 민원 내용은 '민원인 토지는 현실적으로 맹지가 되어 있어 지적도대로 도로를 개설해 달라'는 것이었다. 민원인에게 왜 맹지가 되었느냐고 하니 민원인은 직업군인으로 전역하여 노후에 살 전원주택지를 마련했는데 지적도에 진입로가 있어서 현장 확인 없이 땅을 구입했다고 한다. 무안군에서 제출한 자료를 보니 민원토지로 연결되어 있는 지적도상의 도로는 인근 주택에서 점유하고 있었으며 집 두 채가 걸쳐 있다. 현장을 둘러보아도 민원토지의 지대가 높아 지적도상의 도로 외에는 진입로를 낼 수가 없다. 현실을 접해보니 참 난감하다.

매듭이 잘못되었다는 것을 지적하는 것이 조사관의 역할이지만 그보다 매듭을 잘 풀어주는 것이 조사관의 더 큰 역할이다. 민원인과 지적도상의 도로에 접한 인접 주민이 직접 해결하는 것은 대단히 어렵다. 그들끼리 해결하려면 싸움만 일어나고 일이 그르칠 수도 있다. 인접 주민에게는 국유지를 불법 점거하여 대문과 연결된 건물 일부를 철거할 수밖에 없다는 것을 설득하고, 민원인에게는 차량 통행이 가능한 진입로가 확보되면 공사는 민원인이 할 수밖에 없다는 현실을 말씀드리니 그렇게 해 달라고 한다. 무안군 담당 공무원에게는 원활한 철거가 이루어지도록 협조를 부탁하고 민원 조사를 일단락 지었다.

헤어지려고 하니 무안군 담당 공무원이 아무래도 마음에 걸렸다. 그 담당 공무원이 자기 과장에게 현장조사 내용을 보고 하면 많이 혼날 것 같다. 사실 이런 일은 비일비재하며 담당 공무원이 무슨 죄가 있으랴. 나는 그 공무원이 안쓰러워 무안군청을 방문하여 과장에게 직접 설명해 주었다. 이 사안은 시정건고를 할 수밖에 없다고 하니, 과장은 바로 담당자에게 화를 내며 조사관과 약간의 언쟁이 있었다. 나는 전후 사정을 설명하고 해결의 방향을 제시했다. 그제야 과장은 마음을 풀고 무안군에 대해 여러 가지 이야기를 들려준다. 내주에 연꽃축제를 한다고 하며 담당 공무원에게 막바지 준비를 하고 있는 연꽃축제장으로 안내를 부탁한다.

한여름 무더위 속에 찾은 회산백련지는 방문객을 압도한다. 회산백련지는 전남 무안군 일로읍 복룡리에 있으며 그 규모가 대단하다. 그 둘레가 3km이고, 면적이 약 33만㎡인 동양최대 연꽃자생지다. 오후 3시가 지났는데 하늘에는 칠월의 불볕이 사정없이 내리쬔다.

연꽃으로 어우러진 백련지는 한결 시원하다. 바람에 실려 오는 연꽃 향은 후각을 자극하고 은은한 연꽃의 자태는 시각을 한곳으로 모은다. 연꽃축제 준비를 위해 생태탐방로를 비롯하여 홍보전시관, 수상유리온실, 전망브릿지 등의 공사가 막바지에 접어들어 더욱 바쁘다. 거대한 호수에 펼쳐지는 연꽃의 장관은 무엇이라 표현할 수가 없다. 백련지를 가로지르는 탐방로를 걷거나 전망브릿지에 오르면 장대한 연꽃의 파노라마를 감상할 수 있다. 또한 축제행사 전에 미리 보니 기분이 한층 업그레이드된다.

연꽃은 흙탕물속에서 피어난다. 오늘 우리가 함께했던 민원조사에 관계된 사람들은 흙탕물이었다. 우리가 사는 세상은 흙탕물로 뒤덮여 있다. 그렇지만 모든 아픔과 고뇌를 이겨내고 연꽃으로 피어나야 한다. 사람이 함께하는 삶은 아름다우며 혼자만이 연꽃으로 피어나는 것보다 다함께 연꽃으로 피어나야 한다. 저 수많은 연꽃 하나하나가 우리네 인생이며 우리들의 모습이다.

우리나라는 전국 어디를 가나 여름철이면 연꽃을 볼 수 있다. 전국 연꽃 명소 10곳을 꼽는다면 무안 회산백련지, 경주 안압지 연꽃단지, 시흥 연꽃테마파크, 세미원, 공검지, 화천 연꽃단지, 부산 두구동 연꽃 소류지, 하가리 연꽃마을 연화지, 자연누리성 그리고 청산수목원이다. 나는 무안 회산백련지 외에는 가본 적이 없어서 회산백련지가 단연 제일이라고 생각한다.

연꽃은 자생하는 곳이 많다. 소규모라 할지라도 연못이나 소류지 등에서 쉽게 접할 수 있다. 비 오는 날 연꽃을 보면 운치를 더한다. 연꽃 밭에 비가 부슬부슬 내리면 연잎은 더욱 푸른빛을 발한다. 꽃봉오리는 쑥쑥 머리를 내밀고 자태를 뽐낸다. 수줍은 듯한 꽃봉오리는 새색시처럼 곱다. 또한 연잎에 또르르 구르는 물방울은 수정처럼 맑다.

연꽃의 성장 과정은 크게 연꽃대가 흙탕물 속에 잠겨있는 하근기, 연꽃대가 수면과 맞닿은 중근기, 연꽃대가 수면 밖으로 나와 연꽃이 화사하고 아름답게 핀 상근기로 나눌 수 있다. 사람은 세상만물의 이치를 올바르고 전체적으로 볼 수 있는 상근기가 되어야 한다. 나는 아직도 중근기에 머무르고 있는 것 같다. 아니 아직도 흙탕물 속에 갇혀 숲을 보지 못하고 나무만 바라보며 세상과 사람들과 다투고 있지는 않는지 모르겠다. 삶은 심산유곡에 핀 한 떨기의 순결한 꽃이 아니라 흙탕물 속에서 피어나는 연꽃이다.

사람들은 세상을 눈으로만 보는 것 같다. 내 손톱의 가시는 아파하면서도 다른 사람들 가슴에 박힌 못은 아파할 줄 모른다. 조그마한 내 상처에는 울면서도 다른 사람들의 큰 상처에는 그들의 허물로 치부한다. 세상을 마음으로 보아야 하는데 얼마나 많은 세월이 지나면 그렇게 될 수 있을까.

연은 버릴 게 없다. 연꽃은 연꽃대로, 연근은 연근대로, 연잎은 연잎대로 자신의 상태에서 충실히 살아간다. 꽃 피면 사람들이 찾아오고 잎이 시들면 찾는 이가 없어도 연은 외로워하거나 불평하지 않는다. 연은 뜨거운 여름날을 위해 늘 준비하고 있다. 연과 사람은 닮았으며 살아가는 환경이 비슷하다. 연은 대부분이 꽃을 피우는데 사람은 그러질 못하는 것 같다. 인생은 모든 시기가 나름대로 의미 있고 아름답다. 사람은 연꽃처럼 살아야 한다.

아, 잊을 수 없는 회산백련지! 그 연꽃 하나하나가 몸과 마음을 사로잡는다. 연꽃은 진흙에서 피었으나 더러움에 물들지 않는다. 물속에 비친 연꽃조차도 무지 예쁘다. 연꽃은 사람을 올려다본다. 그래서 더욱 사랑스럽다. 나는 연꽃으로 피어나고 싶다. 우리 사는 세상이 다 연꽃으로 피어나야 한다.

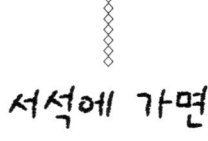

서석에 가면

　서석에 가면 그 사람을 볼 수 있을 것 같다. 그 사람은 밤하늘을 사랑하며 들꽃을 좋아하고 때론 우수에 젖어 미지의 세계를 동경한다. 그리고 늘 누군가를 그리워한다. 그 사람을 생각하면 작아지는 마음이, 아름다운 추억이 언제나 있다. 그 사람은 꺼지지 않는 사랑의 등불이다.

　서석은 강원도 홍천에 있는 산과 계곡이 잘 어우러져 숲과 물이 살아 숨 쉬는 곳이다. 나는 국도 56호선을 따라 서석을 지나간 적이 있다. 서석, 참 친근한 이름인데 나와 무슨 관계가 있을까. 지명마다 그 고장의 이미지가 있듯이 서석은 꿈 많은 시절의 아름다운 풍경이 연상된다. 서석은 무엇인가 떠오를 듯하다가도 알 수 없는 기억 저편에 있는 그리움이다. 서석을 생각하면 처음 마주했을 때의 느낌이 아주 인상적이어서 여러 가지가 다가온다.

　나는 홍천양양사업단에 근무할 때 홍천 읍내에서 서석 쪽으로 출퇴근을 했다. 국도 44호선에서 56호선으로 방향을 변경하면 가장 눈에 들어오는 것이 서석 24km 이정표다. 이정표 하나하나를 지날 때마다 서석에 한번 가보고 싶었다. 서석 18km 이정표를 지나면 공작산 방향으로 들어가야 하니 늘 아쉬움이 남았다.

무더위가 한풀 꺾인 8월의 마지막 날 저녁, 드디어 서석엘 가게 되었다. 그날 아침 체조를 하고 사무실에 들어가려는데 단장님이 홍천에 거주하는 직원들과 저녁을 하자고 하여 가게 된 것이다. 모임장소는 모둘자리농원인데 서석에 있는 줄은 몰랐다. 모임 장소가 서석에 있다는 것을 알았을 때 또 다른 기대감이 일어났다.

단장님은 별도로 가고 나는 출퇴근하는 여직원들과 함께 갔다. 모둘자리농원을 쉽게 찾을 줄 알았는데 처음 가는지라 시간이 좀 걸려서 농원에 도착했다. 농원 입구에서 보니 저 멀리 북쪽 하늘 아래 해발 960m의 아미산이 우뚝 솟아 위용을 자랑하며 병풍을 두르고 있다. 농원은 서봉사 계곡에서 흘러내리는 청정한 하천 주변에 위치하고 있다. 자연과 어우러진 농원자리는 기막히게 좋다. 농원을 둘러보고 있는데 단장님은 우리보다 먼저 와서 여러 곳을 아주 친근하게 산책하고 있었다.

각자 농원 여러 곳을 둘러보고 나서, 우리는 연못과 야외무대가 보이는 식탁에 자리를 잡았다. 우연찮게도 남자 셋, 여자 셋이 마주 앉아 만찬을 즐기게 되었다. 그중 누군가는 기분이 좋았겠지만 현실을 내려놓고 일상생활에서 잠시 벗어나면 발랄한 처녀들과 늙수그레한 아저씨들의 만남이다. 식사하며 얘기하다 보니 경직된 마음은 사라지고 온 가족이 함께 나들이 온 기분이었다. 식사가 끝나갈 무렵 우리는 야외무대로 자리를 옮겼다.

음향시설이 갖추어진 무대는 연못가 가로등 불빛에 더욱 화려하다. 노래 1곡에 1만 원, 20곡을 단장님이 쏘셨다. 관객이 없는 무대지만 우리는 막바지 여름밤을 노래로 즐기고 있다. 누군가는 잊을 수 없는 추억의 밤이 되었을 것이다. 희진, 슬기, 계은 이름까지도 예쁜 그때 함께한 아가씨들은 지금 무엇을 하고 있을까- 그립다.

그날 이후 나는 현장에 갈 때도 시간적인 여유가 있으면 서석으로 우회하곤 했다. 대부분의 강원도 지역이 그렇듯이 서석도 산과 물이 잘 어우러진 농촌 아니 산촌이다. 스치는 나무 하나에도 멋이 있고 우뚝 솟은 산은 수려하다. 길을 따라가는 내내 자연은 가을의 아름다운 풍광을 연출하고 바람에 떨어지는 낙엽은 꽃잎이 지는 듯하다. 자연, 인생, 세월의 흐름을 느끼며 언뜻 떠오르는 그 사람을 그리며 서석을 지나간다.

그 시절도 어김없이 과거가 되고 나는 서석의 그리움을 남겨두고 홍천을 떠났다. 자연, 전원의 삶에 관심이 많아서인지 홍천, 인제에 갈 일이 늘었다. 갈 때마다 될 수 있으면 서석에 들렀다. 하지만 서석에는 나를 반겨주는 사람은 없다. 그런데도 서석에 가면 누군가가 있을 것 같다.

사람들은 가슴 한편에 그리움을 간직하고 있다. 그리움은 피었다가 지고 다시 피어나는 꺼지지 않는 등불이다. 그리움의 병은 완쾌되지 않는 종양이다. 그리움은 평상시에는 없는 것 같은데 꽃 피고 낙엽 지는 계절이 오면, 별이 빛나고 새들이 잠든 밤이 되면 스스럼없이 피어난다. 지나온 인생 여정에서 누군가를 사랑했다면 그리움이 있다.

어느 날 서석에 갔는데 나도 모르게 떠오르는 것이 있었다. 서석의 그리움과는 아무런 관계가 없는 바닷가의 추억이 밀려왔다. 아주 오랜만에 젊었을 때나 느낄 수 있었던 그런 감정을 말이다.

그대와 거닐던 그 바닷가/ 흐릿한 풍광 아래 일렁이는 파도소리/ 아직도 들려와요/ 갈매기는 바다 위를 날고/ 불어오는 해풍에 미소 지으며/ 방파제 따라 다정히 걸었지요/ 나들이 온 아이들 신나게 뛰어놀고/ 낚시 드리운 강태공 바다를 응시할 때/ 저 멀리 수평선 바라보며 마음을 실었지요/ 사랑은 파도처럼 밀려오고/ 가슴은 등댓불처럼 깜박이는데/ 바닷가 추억은 아련히 흘러만 가오.

나는 물길 따라 때로는 업무적으로 때로는 정처 없이 우리 산하 곳곳을 다녔다. 지명을 생각하면 그 지역의 유래를 비롯하여 그 고장의 특징이나 특산물, 관광지가 다가오겠지만 서석은 물질적인 것이 아닌 정신적인 그 무엇이 다가오게 한다.

서석은 가버린 시절의 아쉬움과 추억이 살아나 상상의 나래를 펼치게 한다. 서석을 생각하면 나는 일시적으로 마법의 성에 갇힌다. 어린 시절에 함께 초등학교를 다녔던 희, 자, 숙, 옥으로 끝나는 그 흔한 이름들이 떠오른다. 첫눈이 내리던 날, 꿈 많은 세상을 동경하던 우리들의 이야기가 다시 펼쳐진다. 그리고 가지 못했던 그 길이, 함께하지 못했던 그 사랑이 가슴을 적신다. 서석은 나의 이상향이며 내가 그리는 사이버세상이다. 서석은 젊음이 살아나는 곳이다. 왠지 서석을 생각하면 여러 사람들이 떠오른다. 학창 시절, 젊은 날에 스쳤던 사람들이 밀려온다. 어릴 적 희미한 기억에서 작금의 현실까지 잊을 수 없는 추억이 고스란히 나타난다. 눈 감으면 사랑이란 이름으로 가득 찬 스크린이 전개된다. 나는 한동안 추억과 꿈에 젖어 한편의 영화를 연출하고 있다. 이미지의 영상은 자유롭고 아름다운 것이며 서석은 이 모든 것을 보여준다.

감동이 있는 삶

요즘 내가 즐겨보는 TV 프로는 '나는 가수다'와 '불후의 명곡'이다. 이들 프로를 거의 빼놓지 않고 보는 이유는 예전에 미처 몰랐던 감동을 받기 때문이다. 음악이 거대한 감성의 파도가 되어 가슴 적시는 감동으로 다가올 줄은 생각지도 못했다. 경연 방식으로 진행되어서 그런지 열과 성을 다해 음악에 혼을 불어넣고 필사적으로 노래하는 가수들의 모습은 감동 그 자체다.

삶에 있어 누구나 가슴 뭉클한 감동을 받을 때가 있다. 대부분의 사람들이 흔히 받는 경우는 스포츠에서 우리나라 선수가 승리했을 때다. 올림픽이나 월드컵에서 금메달을 땄을 때는 온 국민이 한마음이 되어 축제를 즐긴다. 2002년 월드컵 축구대회에서 4강 신화를 이룬 국가대표팀을 생각해 보면 아직도 그때의 감동, 환희가 가시질 않는다. 2012년 런던올림픽 축구 동메달결정전에서 일본에 승리한 장면은 영원히 기억될 것이다.

우리는 신문방송에서 고귀한 희생, 아름다운 선행, 기부의 천사 등 감동적인 사연을 접하곤 한다. 그럴 때마다 어떻게 저렇게 할 수 있을까 감탄하고 감동받지 않을 수 없다. 많은 사람들이 나도 저렇게 살아봤으면 하고 한번쯤 생각해 본다. 하지만 그러한 실천이 너무나 크다고 생각하기에 아예 엄두를 못내는 것 같다. 누구나 처음부터 드라마틱한 인생을 살려고 한 것은 아니다. 조그만 것부터 시작하여 꾸준히 실천하다 보니 감동의 꽃이 피고 열매가 맺어 세상을 밝힌다.

우리는 감동 주는 사람을 특별한 사람으로 생각한다. 그들은 특별하고 별난 사람임에는 틀림없다. 그들은 재주가 많고 능력이 뛰어나 예술이나 스포츠 분야에서 걸출한 사람이니까. 그들은 천성이 착하고 어려운 사람을 측은하게 여기며 약자를 돕는 사람이니까. 그들은 정당하게 일하며 불의와 불법에 의연히 대처하는 사람이니까. 단순히 이러한 특성만으로 감동을 줄 수는 없으며 남모르는 노력과 실천이 있었을 것이다.

많은 사람들에게 한번 크게 주는 감동은 그 순간은 정말 감동적이지만 시간이 지나면 쉽게 잊히고 사라진다. 대중가수의 인기 같은 것은 시간이 지나면 아무것도 아닌 물거품일 수도 있다. 거대한 파도처럼 일렁이는 인기는 한순간에 사라지는 물거품에 지나지 않는다. 감동은 끊임없이 솟아나는 샘물이어야 한다.

사랑을 주는 것처럼 감동도 주어야 한다. 나는 특별한 것이 없는데 어떻게 감동을 줄 수 있는지 소극적, 부정적으로 생각할 수도 있다. 우리는 많은 사람들에게 큰 감동을 주는 것을 생각하기에 감동 주는 것에 회의적이다. 감동은 조그만 것에서 큰 것으로, 가까운 사람부터 멀리 있는 사람에게로 주어야 한다. 작고 보잘 것 없는 사랑의 실천이 감동으로 이어지는 것이다.

돌아보면 나는 누군가에게 감동을 주려고 노력했는가? 감동을 받으려고만 했지 주려고 하지 않은 것 같다. 사랑에는 감동이 있다. 사랑하는 사람들은 자연스럽게 감동을 주고받는다. 사랑은 감동이고 감동은 사랑이다.

주말부부로 살다 보니 매일 저녁이면 아내에게 안부삼아 짧게 통화한다. 술 한잔했을 때나 밤하늘이 아름다울 때 등 마음이 동하면 아내에게 사랑, 그리고 고맙다는 말로 길게 얘기한다. 아내는 평소에 안 하던 짓을 왜 하느냐고 하지만 기분이 나쁘지는 않은 것 같다. 처음에는 약간의 마음에 없는 말이나 가식도 있었지만 자주 하다 보니 습관이 되어 이제는 자연스럽다.

감동은 작은 것도 즉시 주어야 한다. 하고 싶은 말은 마루지 말고 바로 해야 되듯이 말이다. 감동을 모아서 주려고 하면 그때의 감정이 사라져 오히려 반감될 수 있다. 김이 모락모락 나는 밥이 더 맛있듯이 감동도 따뜻한 마음이 실리는 순간이 더욱 감동적이다.

가장 큰 감동은 자신에게 주는 성취감이다. 우리가 어떤 일을 완성했을 때 이것은 나만이 할 수 있는 것이라는 느낌을 받을 때 얼마나 흐뭇한가. 나는 조직에서 일하면서 내가 수립한 기획안을 보고 전결권자가 자신이 기안한 것 같다고 했을 때 정말 감동을 받았다.

국민고충처리위원회에 근무할 때 민원조사 후 회신문을 작성하여 심의·결재를 받는다. 회신문을 작성하는 데 있어 같은 내용이라도 민원인 마음을 조금이라도 헤아려 상대방의 입장에서 작성하려고 심사숙고한다. 고충위를 떠나올 때 팀장님은 결재서류가 많으면 내 것은 보지 않고 결재한다고 했다. 용어 하나 선택에도 고심한 흔적이 보인다는 말씀을 들었을 때 감동을 넘어 보람을 느꼈다.

가끔 내가 쓴 글을 읽어볼 때가 있다. 대부분이 평범하지만 그중에는 특별히 다가오는 것이 있다. 이것은 내가 아니면 쓸 수 없는 글이라고 착각하기도 한다. 그래도 나는 나만의 명작이라고 생각하며 스스로에게 감동을 받는다.

지나온 시절을 돌아보고 추억의 사연을 떠올리면 감동의 명장면이 나타난다. 한때 영화광이었던 나, 영화 그 이상의 감동이라는 광고 카피와 일치했을 때의 그 짜릿하고 뭉클한 장면은 감동의 세상이다. 이은성의 〈동의보감〉에 취해 눈물 흘리고, 김혜자의 〈꽃으로도 때리지 말라〉에 잠겨 비참함과 측은함에 가슴이 아팠던 분노도 쓰리고 서러운 감동이다. 조용히 눈 감고 생각해 보면 초등학교 때 선생님의 사랑, 언제나 더 많이 주고 싶어 하는 부모님의 사랑, 함께 산다는 것만으로도 고마워하는 아내의 사랑, 아버지를 자랑스러워하는 아들의 사랑이 강렬하거나 크지는 않을지라도 감동의 명장면이 아닐 수 없다.

사람들은 충분히 넉넉히 주변 사람들과 이웃들에게 감동을 줄수 있는데 세월이 가는 것을 인식 못하고 현재의 입장에서만 세상을 보니 감동적인 삶에 인색하다. 지난 시절 능력이 있었을 때 함께한 사람들에게 좀 더 나누고 베풀 수 있었는데 그러지 못한 것을 후회하는 것처럼, 먼 훗날에서 지금을 돌아보는 삶을 살아야 감동이 있는 삶을 사는 인생이 될 것이다. 나의 말 한마디가, 잘못된 생각 하나가 감동은커녕 상처를 줄 수도 있다. 감동은 사람과 세상을 사랑하지 못하면 결코 줄 수 없다. 감동을 주는 것도 우리 자신들의 노력이다.

감동을 주려면 긍정적인 삶을 살아야 한다. 긍정적인 삶은 우리가 누구를 만나면 나누는 대화에서 시작한다. 매일 사용하는 말 속에 감동의 씨앗이 자라고 있다. 그러니 감사·기쁨·설렘·만족 등 감동을 주는 이런 말들이 우리 삶 속에 넘쳐나도록 만들어야 한다. 말 한마디에 천 냥 빚도 갚는다는 속담이 있다. 그 말 속에는 심금을 울리는 감동이 있어서다.

인생에 있어서 감동이 없다면 무미건조한 삶이 될 수밖에 없다. 삶이란 늘 즐겁고 보람만이 있는 것이 아니다. 삶에는 어려움도 슬픔도 괴로움도 허탈함도 다 있다. 그러한 삶 속에서 시련을 극복하는 과정에서 우리는 연꽃이 흙탕물에서 피어나듯 인생의 진정한 멋과 맛을 찾을 수 있다. 진실하고 아름다운 삶에는 계절이 바뀌고 변화가 있듯이 감동이 흐른다.

달려라 하니

《달려라 하니》는 순정만화이며, 만화 영화화한 방송용 애니메이션이기도 하다. 어린 나이에 어머니를 여읜 소녀 하니가 역경을 딛고 육상 선수로 성장하는 과정을 그리고 있다. 어떤 어려움이 있어도 좌절하지 않는 하니는 벅찬 감동과 희망을 준다. 우리도 하니처럼 인생의 목표를 향해 달리고 있다.

나는 홍천 하오안리에 거주할 때 새벽 여명 속으로 하천, 들판을 따라 조깅을 했다. 전날 밤 과음으로 일어나기가 싫을 때, 달리기가 따분할 때 《달려라 하니》를 생각하며 꾸준히 지속적으로 했다. 목적은 마라톤 완주도 아니고 순전히 건강을 위해서다

매년 건강검진을 받으면 지방간이 있다는 소견이고 의사선생님의 처방이 육류를 피하고 운동을 하라는 말씀에 어떻게 이를 줄여볼까 고민하다가 조깅을 시작했다. 처음에는 500m 달리기도 힘들었으나 점차적으로 거리를 늘리며 약 6km를 달리게 되었다. 새벽마다 시작할 때는 힘들었으나 어느 정도 달리고 나면 정말 상쾌하다.

조깅을 끝내고 하천 따라 돌아오는 길은 마음이 그렇게 편안하고 즐거울 수가 없다. 때로는 하천의 너럭바위에 앉아 흐르는 물소

리를 듣고 무성한 갈대숲을 바라보고 물속에서 노니는 고기떼를 응시하기도 했다. 둥근 해가 떠오르고 아침 햇살이 물 위에 반사되면 환상의 세상이 펼쳐진다.

주말을 제외하고 7개월 정도 새벽 조깅을 했는데 내 몸무게는 69kg대에 머물고 있었다. 처음 74kg에서 어느 정도 줄이기는 했지만 더 이상 내려가지는 않았다. 그리고 날씨가 추워지고 해가 짧아져 조깅하기가 어렵게 되었다. 엎친 데 덮친 격으로 예상치 못한 인사이동이 있어 하오안리를 떠나게 되었다. 그 후 여건이 맞지 않아 조깅을 하지 않았다. 나의 의지가 약해진 탓도 있다. 그 시절이 한없이 그리워진다.

그동안 나는 알게 모르게 업무와 사회생활에 잡다한 짜증과 스트레스가 쌓여 우울한 때가 있었다. 몸을 잘 관리하지 않아 건강이 안 좋음을 느낀 적도 있었다. 명상과 절제된 생활을 하여도 마음은 어딘가 한 곳이 허전했다. 몸이 건강해야 지친 마음도 치유된다는 것을 알았다. 건강한 신체에 건전한 정신이 깃든다는 평범한 진리가 답인데.

나는 어렸을 때 운동의 중요성을 그다지 못 느꼈다. 운동선수를 보면 무지막지하고 공부하기 싫어하는 학생 정도로 알았으니 운동에 관심을 가질 리 없었다. 이제는 운동이 가장 중요하고 삶의 원동력이라는 것을 알았다. 아무리 고매한 인격을 소유한 사람이라도 병마에 시달리면 영혼에 상처를 받기 마련이다.

3월의 꽃샘추위가 몇 차례 있었지만 다음 주면 꽃피는 봄 사월이다. 그런데도 왠지 모르게 마음은 허전하고 스트레스란 놈이 따라다닌다. 이 모든 것을 치유해 줄 수 있는 것이 운동밖에 없는 것 같다. 그래서 다시 운동을 시작했다. 새벽 5시에 일어나 러닝머신, 달리기, 아니면 산책을 한다. 땀을 흘린다는 것만으로도 상쾌하다.

"체력은 생활력이며 건강은 인생이다."라고 되뇌며 아침 운동으로 하루를 시작한다. 《달려라 하니》와 나의 목표는 다르지만 나는 하니가 했었던 것처럼 지속적으로 운동을 한다. 운동이 삶의 행복을 가져다준다.

지난 시절을 돌아보면 사람들은 공통적으로 같은 생각을 하는 경우가 있다. 건강한 남자는 누구나 군대에 가지만 군대 생활을 좋아하는 사람은 없다. 제대할 때 근무했던 지역을 향해서는 오줌도 안 눈다고 한다. 그만큼 군대 생활이 힘들고 한이 많았다는 증거다. 그렇지만 부대 정문을 나올 때 아침 기상만큼은 지키고 싶다고 한다. 그러한 마음이 있어도 사실 실천하는 사람은 없다.

우리는 주변에서 치유되기 어려운 병에 걸려 병마와 싸우면서도 열심히 운동하는 사람들을 볼 수 있다. 그들은 운동으로 병을 이기려는 의지가 강하고 극한 상황에 처해 있으니까 그렇다고 할 수는 있다. 하지만 누구나 그렇게 할 수 있는 것이 아니다. 아이러니하게도 사람은 정상적일 때보다 어려움에 처했을 때 의지가 더 강한 것 같다.

운동은 규칙적으로 매일 하기는 어렵다. 이른 새벽에 일어나면 여러 가지 하고 싶은 것이 많다. 독서삼매경에 빠져보고 싶고 새벽

여명을 따라 산책하며 자연과 친해지고 싶으며 또 다른 운동을 하고 싶다. 계절의 변화나 그날 날씨의 따라 다양하게 시간을 보내고 싶다. 이것저것 닥치는 대로 하다 보니 운동이 불규칙하다. 《달려라 하니》가 가장 이상적인 것 같은데 요즘은 자주 샛길로 빠지는 경우가 잦다.

우리 아들 외갓집이 경북 문경인데 1년에 몇 번은 특히 명절이면 어김없이 다녀간다. 공원이 옆에 있어서 아침저녁으로 산책을 한다. 도심의 공원으로는 아주 실용적이다. 공원은 나무들이 아기자기하게 조성되어 있고 운동시설이 잘 갖추어져 있다. 워킹하는 사람들은 남녀노소를 불문하고 활력이 넘친다.

부러운 것은 배드민턴이나 테니스를 치는 사람들이다. 운동을 하면서도 짬만 나면 대화를 나누는 그들이 정말 멋있다. 그들은 동호회 이상으로 가까운 것 같다. 어린 시절에 동구 밖으로 나가면 동네 아이들과 놀이하던 그런 느낌을 받는다. 운동이 즐거우면 세상이 즐겁고 건강에도 더할 나위 없이 좋다는 것을 새삼 일깨워 준다.

대부분의 사람들은 운동을 시작했다가 싫증이 나면 쉬었다가 다시 반복한다. 이러한 것은 건강을 위해서라는 막연하고 두루뭉술한 목표였기에 그런 것 같다. 규칙적으로 하던 운동도 몇 번을 거르면 하기 싫어진다. 부지런한 사람만이 운동을 지속적으로 할 수 있다. 이제 다시 구체적인 목표를 설정하고 지속적으로 운동해야겠다.

누구나 즐거운 삶을 갈망한다. 운동만큼 일상을 유쾌하게 해 주는 것도 없다. 1시간의 운동은 하루를 즐겁게 해 준다. 그러한 시간이 지속되면 삶이 즐겁지 않을 수 없다. 또한 꾸준히 반복하는 운동은 활력을 넘치게 한다.

건강은 건강할 때 지키라고 했다. 이를 잘 알면서도 간과한다. 인생은 건강이다. 건강이 모든 것의 기본이며 근본이 아닐까. 노후 준비도 건강 준비다. 삶을 즐기고 아름답게 살기 위해서 달려라 하니처럼 달려야겠다.

개떡 같은 내 인생

　지난 삶을 돌아보면 누구나 자기 인생이 파란만장하다고 한다. 나도 그렇게 생각했으며 아쉬움이 많지만 그런대로 어느 정도는 잘 살아왔다는 느낌이 있었다. 그런데 마음수련원에서 나 자신을 하나하나 버려보니까 그게 아니었다. 한마디로 개떡 같았다.

　개떡은 옛날 시골에서 보릿겨 등을 반죽하여 둥글넓적하게 아무렇게나 반대기를 지어 찐 떡으로 마지못해 먹던 떡이다. 흔히들 나쁘거나 마음에 들지 않는 것을 비유적으로 말할 때 개떡 같다고 한다. 인생이 개떡 같다면 얼마나 형편없으며 하잘 것 없겠는가.

　2009년도 강원도 홍천에서 근무할 때다. 홍천은 화로구이가 유명하며 국도 44호선을 따라 도로 주변에는 음식점이 즐비해 있다. 어느 날 저녁, 화로구이로 식사하고 나오는데 계산대 옆에 마음수련 팸플릿이 눈에 띄었다. 무심코 보았는데 '마음수련으로 본성의 깨달음을 얻는다'는 내용이었다. 집에 와서 자세히 살펴보니 내가 찾고 있는 곳이 아닌가 하는 생각에 한 번쯤 체험해 보고 싶었다.

　먼저 춘천에 있는 마음수련원 지부를 방문했다. 수련원 지부장은 반갑게 맞아주며 마음수련의 원리를 소개하고 나서 나의 삶이 어떠냐고 물었다. 나는 큰 어려움 없이 보편적으로 산다고 했다. 그는 수련해 보면 그게 아닐 거라고 한다. 마음수련원을 찾는 대부분의 사람들은 신변이 괴롭고 고민이 많아서 찾는다고 한다. 나는 그런 사정에는 별 관심이 없으며 마음수련원에서 무엇을 하는지 알고 싶었을 뿐이었다.

그해 여름휴가를 내어 1주일간 충남 논산에 있는 마음수련원 본원에 가게 되었다. 토요일에 도착하여 그날 오후부터 수련에 들어갔다. 휴대전화도 반납하고 완전히 외부와 단절되었다. 오전, 오후, 밤늦게까지 하루 12시간을 수련했다. 식사는 식판에 배식 받으니 다시 군대에 온 기분이었다. 토요일에 들어와서 다음 주 월요일까지도 수련을 그만두고 집으로 돌아갈까 하는 망설임도 있었다. 그러나 이왕 왔으니 속는 셈치고 끝까지 해보자는 신념으로 수련에 임했다.

마음수련 1과정은 거짓마음인 지나온 삶의 기억을 버림으로써 본래의 자기를 발견하는 것이다. 그러기 위해서는 현재의 삶을 버려야 하기에 먼저 죽지 않으면 안 되었다. 마음수련은 죽는 연습을 하고 지나온 삶의 기억을 버리는 것이 전부이며 반복적으로 한다. 그런데 죽는 연습이 잘 안 되었다. 강사의 진행에 따라 하는데도 쉽게 죽지 않았다. 그래서 나는 노무현 따라 하기를 했다. 노 대통령을 따라 봉하산 부엉이 바위에 올라 절벽으로 뛰어내려 죽는 장면을 상상했다.

부엉이 바위에서 대통령을 따라 뛰어내리니, 대통령도 나도 온몸이 피투성이가 되어 있었다. 응급차가 오고 우리의 시신을 거두어 싣고 가는 장면이 생생하게 보였다. 그러고 나자 내 영혼은 그냥 우주로 올라갔다. 우주에는 북극성을 비롯한 별들이 총총히 빛났다. 우주 가운데서 저 멀리 조그맣게 보이는 지구에서의 지나온 삶의 영상들을 하나씩 떠올리며 블랙홀에 던져 넣었다. 수련의 한 타임이 4시간 정도가 되니, 기억나는 영상들을 처리하는 데 3시간이 소요되었다. 하루에 3번 같을 것을 반복했다.

눈을 감고 수련하는데 어느 정도 시간이 지나면 여기저기서 우는 소리가 들린다. 1과정을 함께 수련하는 인원은 250명 정도다. 수련생들은 남녀노소, 직업 등 삶도 다양하다. 사람마다 지나온 삶이 다르지만 서러움, 분노 등 감정은 비슷하다. 지난 세월의 기억을 버리는 과정에서 슬픔과 한이 복받쳐서 울부짖는 사람이 많다. 나도 흐느끼지는 않았지만 눈물이 많이 났다.

나의 지나온 삶을 떠올리며 하나씩 버리니 정말로 하잘 것 없는 인생이다. 내가 그렇게 집착하고 가지려고 했던 모든 것들이 부질없는 욕망에 불과했다. 순간적으로 개떡 같다는 말 외에는 달리 표현할 수가 없다. '나'라는 것이 하늘에 떠가는 구름 한 조각에 불과하고, 들판에 피어나는 이름 없는 풀 한 포기보다 더 작은 존재라는 생각이 들었다.

처음에는 힘이 들었는데 수요일이 되어서야 나는 우주의 마음을 보게 되었다. 나를 계속 반복적으로 버리다 보니 어느 순간 나는 없는데 보이는 것이 있다. 누가 보고 있으며 저기 보이는 것은 무엇일까? 세상 만물 일체가 하나라는 깨달음이 왔다.

지금까지 내가 고민해왔던 모든 종교적·철학적 문제가 일순간에 해결되는 것이었다. 인간을 위시하여 만상만물은 그 자체가 우주라는 사실을 알았다. 내가 우주이듯 상대도 우주이고 세상 만물이 다 그렇다는 걸 느끼니까 사람과 세상을 보는 시각이 달라졌다. 누구를 미워하고 원망하는 마음이 없어졌다. 삶의 가치관과 세상을 보는 마음의 창이 완전히 달라졌다.

마음수련을 하면서 죽는 연습을 하고 나를 버리고 우주의 마음을 본 것이 최면에 걸린 것은 아닐까, 나의 착각은 아닐까 하는 의심도 들었다. 또한 마음수련생 중에는 꽃다운 여성들도 있었는데 수련 기간 동안 그들을 보아도 성적 느낌이 전혀 없다. 혹시 성적 기능이 없어진 것은 아닐까 걱정도 되었다. 마음수련 후에 성기능이 정상이듯이 우주의 마음을 본 것도 진실이라고 믿는다.

10여 년 전, 나는 동료 직원에게 돈을 빌려주었는데 받지를 못하여 그 생각을 할 때마다 많은 스트레스를 받았다. 돈은 내가 빌려주고 내가 스트레스를 받는 이상한 세상이다. 마음수련을 하고 나니 자연적으로 마음의 상처가 치유되고 다 잊게 되었다.

마음수련은 많은 생각과 근심 걱정, 불필요한 감정, 정신적 잡동사니를 깨끗하게 치워주었다. 마음수련을 통해 '나'라는 존재를 확실히 알게 됨으로써 몸과 마음이 더욱 건강하게 되었다. 지나온 삶이 개떡 같지만 앞으로의 삶은 찰떡같이 살아갈 것이다.

아버지와 아들

　일요일 밤 〈개그콘서트〉를 보는데 '아빠와 아들' 코너가 나온다. 여기에 나오는 아빠와 아들은 뚱뚱하고 먹는 것에 공통점이 있다. 두 사람은 먹는 걸로 통하는데 사이좋게 먹다가도 누가 더 먹으려는 시도가 보이면 바로 저지한다. 웃으며 보고 있는데 갑자기 아버지와 아들의 관계가 묘하게 떠오른다.

　아버지와 아들은 어떠한 관계일까? 혈연적으로 뗄 수 없는 거와 같이 정신적으로도 불가분의 관계임에는 틀림없다. 아버지는 아들을 분신으로 생각할 것이고, 아들은 아버지를 정신적인 지주로 생각할 것이다. 아버지와 아들의 관계를 가장 잘 표현한 말이 우리가 익히 아는 삼강오륜의 하나인 부자유친(父子有親)일 것이다.

　부모와 자식은 친함이 있어야 한다는 것에는 여러 의미가 함축되어 있다. 친하다, 마음으로는 친한데 생활에서는 친하지 않다, 친해야 한다는 등 관계가 다양하다. 현실적으로 볼 때 아버지와 아들은 그리 친하게 지내지 않는 것 같다. 아들에게 있어서 아버지는 세대 차이도 나고 엄하게 보이고 정을 나누기가 어려운 사람이다. 또한 아버지는 아들을 사랑하지만 그 사랑을 겉으로 나타내기가 어려워서 무덤덤해 보인다. 대부분의 아버지는 아들이 보편적으로 성장해 주길 바라며, 아들은 아버지가 건강한 삶을 누리길 바란다.

아버지와 아들은 오해하며 사는지도 모른다. 아버지는 내가 너를 어떻게 키웠는데 너는 내 마음을 그렇게 몰라주느냐고 생각할 수도 있다. 아들은 아버지께 지난 시절 조금 더 살갑게 대해주면 안 되었는지, 하는 일에 대해 이해해 주면 안 되겠습니까, 하고 말이다. 마음이 통할지라도 현실이 그렇지 않다면 서먹하고 어려운 관계로 남을 뿐이다.

나는 아들만 둘이다. 여느 가정과 마찬가지로 두 아들은 두 살 터울이라 어렸을 때 친구처럼 서로를 위해 주고 다정하게 놀았다. 그러다가 어느 순간 싸우는 일이 다반사였다. 작은 녀석은 아버지를 자기편으로 끌어들이려고 손을 잡기도 하고 밤에 잘 놀다가 형과 싸우면 곧바로 같이 자자고 했다. 또한 평소에 안아달라고 하며 매달리기가 일쑤였다.

그랬던 녀석이 청소년이 되고부터 같이 자자고 하면 싫어한다. 기분이 안 좋을 때 내 손이 아들의 엉덩이에 닿기라도 하면, 얼마나 기분이 나쁜지 아세요? 하며 성질을 확 부린다. 나는 아들과의 스킨십이 친근하고 아무렇지 않다고 생각했는데 아마 아들은 신체 접촉에서 수치심을 느낀 모양이다.

가지 많은 나무에 바람 잘 날 없다는 속담이 있다. 자식을 많이 둔 부모는 근심이 끊일 날이 없다. 살림이 넉넉하지 못한 시절에 부모는 많이 힘들었다. 그래도 자식이 잘 자라주면 좋을 텐데 그러지 못하고 부모 속을 태우는 경우가 많았다. 그럴 때 부모는 넋두리 삼아 무자식이 상팔자라고 했다. 부모의 심정을 자식은 이해하지 못했다. 부모님이 돌아가신 후 자식들은 부모의 마음을 알지만 후회해도 소용없는 세월이 되었다.

나와 아내는 아이들 교육에 극성스럽지 못했다. 그렇게 하고 싶지도 않았고 자유방임 내지 방목 수준이었다. 좋아하지 않는 것을 억지로 시키는 것은 더욱 싫었다. 어떻게 하든 아이들 교육에는 장단점이 있게 마련이다. 아이들은 중학교 때 사설학원에 다닌 적이 있지만 오래 지속되지는 않았다. 피아노 교습을 제외하고는 사교육을 거의 받지 않았다. 결과가 어찌되었건 그 당시에는 좋아하는 것 같았다. 하나 걱정되는 것은 훗날 아버지를 원망하지 않을까. 그때 부모가 강하게 이끌어 주었다면 상황은 달라졌을 거라고 생각할 수도 있지 않겠는가.

우리 아들은 여느 학생들과 마찬가지로 자신이 원하는 대학교에 진학하지 못했다고 생각한다. 부모와 자식 간에 서로를 원망하지 않는다면 그것으로 족하다. 중고등학교 때는 공부하는 것을 무척 힘들어 했는데 이제는 그렇지 않다. 큰아들은 군복무를 마치고 복학하여 목표를 확실히 세우고 공부의 맛을 알았는지 열심히 공부하여 장학금도 받는다. 또한 나름대로 아르바이트를 하며 용돈을 달라고 하지 않으니 한편으로는 대견하다. 작은아들은 몸이 약했는데 군대에 가더니 열심히 운동하여 체력검정에서 특급을 받았다고 자랑한다. 그리고 휴가 나와서 손기정평화마라톤 대회에 참가하여 10km를 완주했다. 나는 그때 아들을 다시 보게 되었다.

나는 아들을 키우면서 후회하는 것이 있다. 누구나 잘하지 못하는 거나 실수하는 것이 있다. 아들의 그런 약점에 대해 놀린 적이 있다. 그때는 대수롭지 않게 작은 즐거움으로 생각했는데, 그것이 성장에 장애가 된다는 사실을 알았을 때 너무나 후회스럽다. 아이들에게 놀림은 자신감 상실 등 성장에 치명타가 될 수 있다. 매사에 있어서 더 많이 칭찬해주지 못한 것이 아쉽다.

언젠가 아들과 함께 고속도로 휴게소에 들른 적이 있다. 휴게소 편의점에서 다과류를 사고 나왔는데 아들은 계산이 틀렸다고 하며 다시 편의점에 다녀오겠다고 했다. 틀릴 수도 있지 그냥 가자고 하니, 아들은 계산을 적게 하여서 편의점 직원이 난처할 것 같다며 굳이 다녀왔다. 처음에는 답답하고 고지식하다고 생각했는데 상대방을 생각하는 마음이 기특했다.

한번은 밤늦은 시간에 민원인에게서 전화가 왔다. 민원인은 화가 나서 막말을 서슴지 않았다. 어떤 착오가 있었던 것 같았는데 민원인은 전후 사정을 살피지 않고 대뜸 화부터 내는 것이었다. 그때 옆에 있던 아들은 아버지가 당하는 것에 대해 참을 수 없었던지 "누구야!" 하며 큰 소리로 말하는 것이었다. 나는 아들에게 조용히 하라고 하고 민원인과 얘기를 끝냈다. 아들은 아버지가 남에게 당하는 것이 안쓰러웠던 모양이다. 아들을 보니 내 옆에 든든한 보디가드가 있는 것처럼 흐뭇했다. 자기 동료가 민원인에게 당하건 말건 수수방관하는 직원보다는 아들이 훨씬 믿음직하고 멋지지 않은가.

살다 보면 어려움도 있고 고민도 있게 마련이다. 그러한 것에 대하여 조언도 해주고 함께 해결하는 방법이 대화다. 아들은 고민이 있는 것 같은데 집 안에서는 어려움을 토로하는 일이 없다. 일상생활에서 인생 상담 같은 것은 안 한다. 우리는 식사하거나 TV 보면서 대화를 나누는데 가벼운 주제의 내용이다.

어떤 때는 아들 혼자 고민하는 것을 느낄 때가 있다. 또한 아들의 생각을 알고 싶을 때도 있다. 그 장소는 목욕탕이다. 거의 매주 일요일, 아들과 함께 20여 년을 목욕했다. 목욕탕에 가면 아버지와 아들의 관계가 허물어지고 아주 친한 사이가 된다. 함께 몸을 씻으면서 진지하고 진솔한 대화를 할 수 있다. 나는 아들에게 물어보고 싶은 것이 있으면 목욕탕에서 이야기한다. 아들도 목욕탕에서 내게 가끔 궁금한 사항을 물어본다. 목욕탕에서 보이지 않는 진주는 부담 없는 대화다.

아버지와 아들의 관계는 어떤 정의를 내리기는 어렵지만 떼어놓을 수 없는 관계다. 가까우면서 먼 것 같고 멀리 있어도 가까이 있다. 서로를 보살피고 의지하되 짐을 덜어주어야 하고 또한 평생을 함께해야 하는 인생이다.

힐링 캠프

　문명과 문화가 급변하는 현대를 살아가는 사람들에게는 삶의 편리함도 있지만 어려움도 많을 것이다. 그중 하나가 마음의 상처일 것이다. 각박한 삶에는 상처를 더 많이 주고받으며 산다. 우리는 사회나 조직에서 남보다 앞서가고 뒤처지지 않기 위해 많은 노력과 경쟁을 한다. 또한 그러한 삶 속에서 불안, 스트레스를 받고 늘 고민하며 사는지도 모른다.

　어느덧 계절은 무더운 여름을 뒤로하고 서늘한 가을로 접어들었다. 2012년 9월, 나는 주변 여건에 떠밀려 회사에서 실시하는 힐링 캠프에 참여하게 되었다. 장소는 충남 공주 태화산 자락에 위치한 전통불교문화원이었다. 장기근속자 위주로 힐링이란 이름하에 가치힐링·힐링요가·힐링뮤직·힐링숲명상 등 온통 힐링으로 치장하고, 2박3일 동안 성찰·충전의 시간을 가졌다.

　힐링(healing)은 몸이나 마음을 치유한다는 뜻으로 요즘 대중의 관심이 지대하다. 힐링은 마음을 치유하고 충전하는 것인데 우리말로 대처할 만한 적당한 말이 없다. 힐링에 대해 성찰, 충전 등 여러 가지를 떠올리며 깊이 생각해 보았다. 한 10년 전에는 웰빙(well-

being)이란 말이 유행했는데 어느새 우리네 생활에 파고들어 이제
는 무덤덤하다. 웰빙이 좋은 몸을 만드는 것이라면 힐링은 좋은 마
음을 유지하는 것이다. 웰빙을 지나 힐링으로 그 다음에는 무엇이
우리의 아픈 삶을 채워줄까? 원시시대의 자연으로 돌아가야 하나
고민이 많은 세상이다.

힐링캠프로 가는 날 아침, 태풍 산바의 영향으로 비가 내리고 있
었다. 고속도로 나들목을 나와 교육장까지 가는 내내 비가 많이 왔
다. 지방도를 따라가며 드라이브를 즐기지 않을 수 없다. 강원도 산
새와 사뭇 다른 공주는 또 다른 매력이 있다. 산으로 둘러싸인 도
로를 따라 바람에 나무들이 춤추고 시원하게 비가 쏟아지는데 무
심히 주변을 바라만 보아도 자연의 어울림이 다가온다. 전통불교문
화원에 도착하니 오늘 아침 드라이브만으로도 벌써 마음이 치유되
고 소기의 목적을 달성한 것 같다. 이제는 즐기면 된다고 미소를 숨
긴 채 힐링의 세계로 들어가 본다.

나는 힐링캠프에 대해 많이 기대했다. 7년 전에 받은 유답교육 이
상일 거라고 생각했으니까. 세부 강의 내용이 업그레이드되긴 해도
강의 방법은 유답과 비슷했다. 첫 번째 강의인 '힐링의 세계로'를 마
치고 생각해 보았다. 힐링이란 무엇인가, 왜 힐링이 필요한가에 대
해서는 공감하지만 기대에 비해 조금은 실망스럽다. 교육에 참여한
동료들과 얘기를 나누어 봐도 나와 같은 의견이다. 우리는 모든 면
에서 비교하니까 그런 것 같다.

직장인들은 듣는 교육에 익숙해 있다. 함께 참여하는 교육에는

서투르고 싫어하며 두려워하기도 한다. 자기소개나 타인을 칭찬하고 남들 앞에서 말하는 데 자연스럽지 않다. 앞자리에 앉으면 강사가 질문하거나 뭔가를 시킬까 봐 피하려고 한다. 이러한 것이 먼저 해소되어야 힐링의 세계로 쉽게 빠져들 수 있는데.

태화산 전통불교문화원은 생각할수록 자리를 잘 잡았다. 앞을 보나 뒤를 보나 대부분이 산으로 둘러싸여 있고 깊은 하천이 흘러가며 우람하게 자란 적송을 비롯하여 숲이 울창하다. 또한 마곡사가 가까이 있어 더욱 좋다. 점심시간이 되어 강의실에서 한참 떨어져 있는 식당으로 가는데 비바람이 심술궂게 몰아친다. 중식을 하고 다시 강의실로 가는데 강풍은 불고 비는 사정없이 쏟아지니 세상이 서글퍼진다. 그러나저러나 내일 숲 명상을 할 수 있을지 걱정된다.

다음 날 아침이 되니 언제 비바람이 몰아쳤느냐는 듯이 날씨가 맑다. 숲 명상은 가장 기대했던 프로그램이다. 걷기의 소중함과 호흡, 소리, 소나무 등을 활용한 숲 속 치유명상이 정말 기대된다. 먼저 1시간 동안 숲 명상 강의를 들었다. 몸과 마음은 하나다. 마음이 스트레스를 받으면 몸도 스트레스를 받는다. 기상 후나 취침 전에 명상을 하며 미소를 짓고 늘 자연을 느껴보라고 한다. 강사의 이러한 말씀이 확 다가오며 완전 공감된다. 명상에는 여러 가지 유형이 있는데, 우리가 체험하는 명상은 마음의 소리·심상 등을 활용하여 집중하는 시각화명상과 마음의 긍정적 정서와 내면의 치유기능을 함양하는 명상이다.

오늘 우리가 가는 명상여정이 백범 명상길이다. 마곡천을 지나 군왕대까지 숲 명상이 시작된다. 흐르는 물소리가 청량하게 들여오고 물빛이 눈 시릴 정도로 기분 좋게 한다. 풀과 나무는 향기를 마음껏 내뿜는다. 먼 하늘의 비행기 소리도 아름답게 들린다. 발길마다 자연의 감각을 느껴본다. 명상길 초입 쉼터에서 편안한 자세로 명상을 하고 다시 숲을 걸었다.

어느덧 군왕대(君王坮)에 이르렀다. 아, 이렇게 멋진 명당이 있을까! 송림에 둘러싸인 군왕대는 정말 천하명당이다. 푯말에는 "군왕대는 마곡에서 가장 지기가 강한 곳으로 가히 군왕이 나올 만하다 하여 붙여진 이름이며, 이곳에 몰래 매장하여 나라가 어지러워지는 것을 막기 위해 조선 말기에 암매장된 유골을 모두 파낸 후 돌로 채웠다."고 쓰여 있다.

군왕대 지기를 받으며 우리는 누워서 명상했다. 송림과 소나무 가지 사이로 보이는 하늘은 아주 오래 날의 영상을 보는 듯하다. 호흡 명상을 하면서 아름다운 순간도 떠올리고 미소도 지으며 모기가 물어도 함께 명상했다. 숲 명상을 끝내고 아쉽지만 군왕대를 내려왔다.

오후에는 힐링 드라마가 있었다. 이 프로그램은 마음의 스트레스와 상처를 치유하는 것인데 자신의 상황을 드라마로 함께 참여하여 연출하는 것이다. 먼저 '행복한 나를 만나다'라는 동영상을 보았다. 나·가족·동료·회사가 원하는 것이 무엇인지 생각하는 시간을 가졌다. 혼자라면 빨리 갈 수 있지만 함께라면 멀리 갈 수 있다는 문구가 가슴에 와 닿는다. 서로 친해지고 함께 공감하기 위해 동작을 따라하고 같이 춤추는 오락도 있었다. 술을 안 마셔도 즐겁게 놀 수가 있다는 사실이 놀랍다. 우리는 4팀으로 나누어서 영화포스터를 표출하고 기뻤던 순간을 상황드라마로 연출했다. 함께 의논하고 연습할 때는 허접했는데 실제 해 보니 멋진 드라마다.

나는 우리가 만든 힐링 드라마를 보고 느낀 점이 있다. 우리는 완벽을 추구하다 보니 어떤 일을 과감하게 추진할 수 없다는 것을 알았다. 어떤 일에도 그 나름대로 멋이 있고 있는 그대로 보여주면 되는데, 실수하면 어떡하나, 창피하지 않나, 이런 생각을 먼저 하는 것 같다. 이런 생각을 떨쳐 버릴 때 매사에 열린 마음을 갖게 된다.

아쉽고 안쓰러운 것도 있었다. 힐링 드라마 시간에 20% 정도가 불참했다. 사람이 많으니 불참해도 그리 표가 나지 않았지만 그래도 마음 한구석이 찜찜하다. 어느 교육에서나 한두 사람은 겉돌게 마련이다. 예상외로 많은 사람이 불참하니 우리의 조직과 그들을 한 번쯤 생각하게 된다.

몸치나 음치인 사람에게 춤이나 노래를 부르라고 하면 너무나 곤욕스럽다. 어떤 사유이건 힐링 드라마 시간이 곤욕스럽다면 할 수 없지만 그들은 자신을 돌아보아야 한다. 하나를 보고 그 사람을 판단한다면 비약이겠지만 교육을 두려워하고 회피하려고 하면 조직 생활에도 소극적이고 매사에 위축되는 것이 사실이다. 무엇이라 말하기는 곤란하고 그저 안타까울 뿐이다.

인생은 짧다. 우리가 무심코 시간을 낭비한다면 인생은 더욱 짧게 만드는 것이다. 의미 없고 부주의하게 시간을 보내면 그것은 허송세월이 된다. 우리의 삶은 지나가는 시간들의 합계다. 그러한 시간들이 살아 숨 쉬도록 해야 한다. 단순히 중요하지 않다고 생각하거나 잠시 피하고 싶은 시간들이 인생의 소중한 보물일 수 있다.

나는 군왕대를 다시 보고 싶어 다음날 아침 군왕대로 갔다. 어제 숲 명상길을 따라 천천히 걸었다. 가는 도중에 나이가 지긋한 지역 주민으로 보이는 두 아주머니를 만났다. 그들에게서 군왕대를 비롯하여 태화산 등산로에 대해 여러 가지 말씀을 들었다. 군왕대에 도착하여 누워서 하늘을 보고 있는데 동료 두 사람이 올라왔다. 그들도 나와 같은 생각을 하고 있는 모양이다. 우리는 다시 군왕대를 아쉬워하며 내려왔다.

힐링캠프가 멋진 교육이라는 것을 알았다. 힐링캠프는 누구에게나 주어지는 교육이 아니다. 나는 분명 특혜를 받았다. 그리고 우리 공사를 비롯하여 모든 사람들에게 감사한다. 태화산 자락에서 2박3일은 영원한 추억이다. 언젠가 다시 소중한 사람과 함께 군왕대를 찾을 것이며, 힐링의 흔적도 함께 떠올리고 싶다.

제2의 고향

　고향은 태어나서 자란 곳이다. 고향을 그리면 무엇보다 정다움이 있다. 어렸을 때 동무들과 뛰어놀던 산천은 세월이 흐를수록 아련한 추억으로 다가온다. 누구나 인고의 세월을 겪고 청춘의 꿈이 사라진 인생의 어느 시기에 이르면 고독과 서러움이 밀려온다. 삶이 고단하여 잠시 잊었는데 벌써 몇 번의 강산이 흘렀다. 그 시절을 생각하며 고향에서 살고 싶은데 여건이 맞지 않아 돌아갈 수 없게 되었다. 늘 삶의 한구석이 허전하며 인생의 후반기·노년기를 보내려면 제2의 고향이 필요하지 않을까.

　제2의 고향은 태어난 곳은 아니지만 오랫동안 살아온 곳으로 마음이 편안하고 많은 추억이 있어 고향처럼 느껴지는 곳이다. 고향을 떠나서 어느 도시에 정착했더라도 정이 가지 않으면 제2의 고향이라고 하기에는 거리낌이 있다. 빌딩숲과 자동차 소음, 휘황찬란한 네온사인에 익숙한 도시는 삭막하기 그지없으니 누가 고향의 맛을 느끼겠는가.

　나는 직장 따라 경주·속초·성남·풍기를 거쳐 수원에 정착했다. 수원이 좋은 도시는 맞지만 나의 제2의 고향이라고 생각하지 않는다. 가족과 떨어져서 음성·홍천·원주·충주에도 살아보았다. 우리나라는 어느 지역이나 그 나름대로 특징이 있고 좋은 곳임에는 틀림없다. 사람마다 느끼는 감정이 다르니 어디가 가장 좋다고 하기는 아주 곤란하다.

휴일 날 아침 TV에서 인생 2막을 시작하는 사람들을 보며, 나는 어디에 정착하여 새로운 삶을 살아야 할지 고민 반, 생각 반을 해본다. 귀농·귀촌이 대세인 요즘은 멋스러운 삶이 다양하여 혼란스러울 지경이다. 텔레비전 화면으로 보는 전원 풍경은 정말 행복해보인다. 보이는 풍경 못지않게 마음으로 느끼고 풍요로움이 있다면 그곳이 제2의 고향이 되지 않을까.

나는 홍천 하오안리에 1년 정도 살았다. 처음 왔을 때는 잘 몰랐는데 주변을 둘러보니 깊은 정이 갔다. 하천이 흐르고 들판이 풍요롭고 임도가 있는 하오안리는 정말 멋진 곳이다. 매일 아침 산책을 하고 농작물이 자라는 모습을 지켜볼 때 마음은 한없이 평안하다. 임도를 따라 산의 풍치를 보는 것은 또 다른 즐거움이었다. 마을 사람들을 잘 알지는 못했지만 사계절의 변화를 보며 그들의 삶을 느끼며 살았다. 여름날 저녁에는 하천 건너편 공터에 자리를 펴고 누워 밤하늘을 보며 무한히 상상해 보았다.

어느 날 문득 잠재되어 있던 감정이 솟구친다. 이곳이 나의 제2의 고향이라고 확고히 점을 찍어두었다. 아침 조깅 후 하천 너럭바위에 앉아 갈대숲을 굽어보며 자연의 오묘하고 심원한 소리를 들을 때 고향이 느껴진다. 임도를 산책하며 숲의 싱그러움에 취하고 적송에 부딪친 아침햇살의 눈부심과 마주할 때 고향이 그려진다. 이른 아침 꽤 넓은 밭에서 아낙네들의 무 심는 광경을 볼 때 고향이 다가온다.

직장에서 은퇴하면 하오안리에 정착할 생각으로 주변 구석구석을 살피며 다녔다. 마음에 드는 장소에 집을 지으려고 지적도도 떼어 보았다. 늘 즐거움으로 들떠 있었는데 그해 겨울 느닷없이 인사발령이 났다. 갑자기 마른하늘에 천둥번개가 치고 폭으를 맞은 기분이었다. 하오안리에 1년만 더 살고 싶었는데 세상이 나를 버리는 구나! 그래도 고향을 떠나올 때 언약한 여인을 두고 다시 돌아오리라고 마음먹은 사람들처럼 훗날을 기약해 본다.

계절이 바뀔 때마다 눈부신 아름다움이 다가오고 그리움은 바람 따라 하오안리로 간다. 눈 감으면 언뜻 나타나는 그곳의 풍광이 나를 사로잡곤 했다. 하오안리를 떠나온 지 1년 반이 지난 신록의 계절에 설악연수원에 가게 되었다. 돌아오는 길에 홍천 양양 고속도로 건설노선을 따라 지난날을 회상하며 하오안리에 들러보았다. 벅찬 감정이 있었는데 하오안리를 보는 순간 지난날의 감흥은 남아 있지만 절반으로 줄어들었다. 순간 당황스럽고 어떻게 느낌이 이렇게 차이가 날까 의아했다.

명절이 돌아오면 사람들은 고향엘 간다. 고향 가는 길은 도로가 정체되어도 즐겁다. 부모님이 계시고 친지들을 만나고 정답던 시절이 다가오니 그렇다. 그러나 하룻밤만 지나면 그렇게 그리워하던 고향도 뒤로하고 내 삶으로 돌아가고 싶다. 그때 들렸던 하오안리가 그런 느낌이었다. 첫사랑이나 청춘이 아름답던 시절에 함께했던 사람들을 먼 훗날에 다시 만나면 반가움은 있으나 아름다움이 반감되듯이 내가 제2의 고향이라고 생각했던 하오안리도 그러했다.

제2의 고향은 사랑하는 연인에 비유된다. 제2의 고향을 정한 사람은 기혼이고 정하지 못한 사람은 미혼이다. 제2의 고향과 나의 관계는 아직은 미혼이다. 우리나라는 어디를 가나 아름답고 살고 싶은 곳이 많다. 그래서 쉽사리 제2의 고향을 정하지 못한다. 사람들은 결혼을 하고나서야 아름답고 멋진 사람들이 많다는 것을 안다. 결혼하기 전에는 여러 사람이 마음에 와 닿으니 망설여진다. 제2의 고향도 전원주택을 마련하는 순간부터 시작된다고 본다.

나의 제2의 고향이 될 곳은 어디일까? 그곳이 어디가 되어도 괜찮을 것 같은데 많이 망설여지고 더욱 신중해진다. 은퇴 후의 삶을 꿈꾸며 아름다운 사람을 기다리듯 그 시기가 점점 다가오고 있으니 가슴이 벅차온다.

전원주택지를 찾아서

사람은 누구나 넓고 푸른 초원에서 대자연을 마주하며 살고 싶어 한다. 도심에서 죽 살았다면 한 번쯤은 하늘·구름·숲·들녘을 바라보고, 사계절의 변화를 체감하며, 자연과 동화되는 삶을 동경할 것이다. 그러한 삶의 보금자리가 전원주택이 되지 않을까.

삶에 있어서 기본적이고 필수적인 것이 의식주다. 입고, 먹고, 잠자는 것은 생물학적인 최소의 욕구이기도 하지만 의식주의 수준이 삶의 질을 가늠한다. 의식주의 순위를 매기기는 어렵겠지만 전반적으로 의식주는 삶의 수준과 불가분의 관계가 있다. 사람에 따라 차이가 있겠지만 어릴 때는 먹는 것에, 젊었을 때는 입는 것에, 나이가 들어서는 사는 집에 더 관심을 갖는다.

나는 베이비붐 세대로서 산업화가 진행되던 60~70년대를 시골에서 살았다. 그 당시에는 어느 집이건 규모나 형태가 비슷했다. 초가집이 대부분이고 방도 안방·사랑방·건넛방 등 2~3개에 불과했다. 가족이 함께 생활했으니 나의 방이라는 개념이 없었다. 이웃집도 그러하며 내 방이 없어도 불만은 없었다. 나는 집을 장만하고서도 아내 방, 아이들 방은 있어도 내 방은 없었다. 가족이 함께 사용하는 거실이 내 방인 셈이다.

사찰, 서원, 고택 등은 자주 찾는 곳이지만 내 집이 될 수 없다는 것을 잘 안다. 음성·홍천·원주에 근무할 때 임차사택이 유일한 나의 집이며 나의 방이었다. 나 홀로 시간을 가지면서 전원주택에 대한 욕망·열망·갈망·희망·소망이라는 단어가 떠나질 않았다.

내 마음속에 간직한 이상적인 집으로는 안면도 수목원에 있는 한국의 전통정원인 아산원이다. 아산원은 낮은 돌담으로 둘러싸여 있으며, 아담한 연못과 고즈넉한 정자가 주위의 풍광과 어우러져 소박한 멋을 드러낸다. 이상적인 주택이 마음속에 있는 것도 참 좋으나 마음으로 그리는 집은 이상적인 집일 뿐이다.

전원주택지를 찾는 것은 집터를 찾는 것이다. 전원주택지가 어디, 어떤 곳이 좋은지는 사람에 따라 다르다. 산천의 모습은 어디나 비슷하고 한결같은데 보는 사람이 자신의 취향에 따라 판단한다. 배산임수의 지형이 풍수지리로 보아 명당이고 집터로서 이상적인 곳이다. 우리나라 취락은 어디를 가나 산의 높고 낮음, 물의 많고 적음의 차이는 있을지라도 배산임수에 해당된다. 따지고 보면 자신에게 어울리는 완벽한 전원주택지는 없다. 역으로 생각하면 도심을 떠나면 모든 곳이 전원주택지로 손색이 없다.

내가 처음으로 전원주택을 짓고 싶었던 곳이 진천 무제봉 가는 길에 있는 신계리 계곡이었다. 무제봉 초행길이었는데 올라갈수록 산은 깊어지고 계곡에 흐르는 물소리와 녹음으로 덮인 숲은 내 마음을 사로잡았다. 주변에 있는 몇 채의 집들이 자연과 잘 어우러져 운치를 더했다. 무제봉 산행을 끝내고 내려오는 길에 전원주택지에서 땅 주인과 우연히 담소를 나누게 되었다. 지금 이 자리가 유일하게 남아 있는 땅이라며 새 주인을 기다리고 있다고 했다. 진짜 맘에 드는데 내 처지로는 아직은 땅을 구입할 수가 없으니 안타까웠다.

몇 년이 지나 그곳에 가보니 이미 아담한 예쁜 집이 지어져 있었다. "누군가 사모하는 사람이 있었는데 훗날 사랑을 고백하기 위해 그 사람을 찾아갔을 때 이미 결혼하여 사랑에 대한 꿈이 사라졌다."고 한 그런 느낌을 받았다. 땅은 주인이 있구나. 사람이 땅을 선택하는 것이 아니라 땅이 주인을 선택한다고 위안하며 발길을 돌렸다.

나는 우리 강산 어디를 가나 전원주택지로서 손색이 없는 곳을 찾으며 유심히 살피곤 했다. 홍천에서 근무할 때, 시간이 나면 내린천이 흐르는 인제군 기린면과 홍천군 상남면 지역 일대를 깊숙한 골짜기까지 샅샅이 가본 적이 있다. 좋은 자리에는 이미 전원주택이 들어서 있고 어느 곳이나 산과 물이 어우러져 수려하다. 젊은 날에 아리따운 여인을 보고 한눈에 반하듯이 지세와 풍광에 매료된 곳도 있었다. 그 당시에는 아무리 외진 곳이라도 살 수 있다고 생각했다. 지금은 마음이 약해져서 그런지 현실적인 생각을 한다.

인터넷에 전원주택을 검색하면 급매 물건이 많이 나와 있다. 여러 가지 사정이 있겠지만 그곳이 전원주택으로서 부족함이 있어서가 아니라 살다 보니 처음 생각했던 것보다 느낌이 다르고 어려움이 있어서 그런 것 같다. 편리한 생활환경과 떨어져서 나 홀로 사는 것은 애로사항이 많다. 무엇보다 외로움을 극복하기가 어려울 것이다. 아무리 좋은 곳이라도 지속적으로 있으면 좋은 줄을 모른다. 특별히 하는 일이 없으면 따분함이 밀려오기 마련이다. 전원주택은 신중하게 선택해야 한다. 특히 외딴 곳에 있는 집은 처분하기도 녹록지 않다.

마음에 든다고 해서 아무 데나 전원주택을 지을 수는 없다. 살아보고 불편하면 가끔 가는 별장으로 생각하면 모를까. 그렇게 하자면 금전적인 여유가 있어야 한다. 우리네 형편이 중산층이라 해도 2억 원의 여유자금은 쉽지 않다. 사람들이 전원주택에 대한 생각은 하지만 실행하기가 어려운 것이 돈·재산 문제일 것이다.

나는 전원주택지로 여주·충주·원주를 생각하고 있다. 시간이 지나면 또 다른 곳도 다가오겠지. 내가 우선시하는 전원주택 환경은 무엇보다 주변에 임도가 있어야 한다. 아침저녁으로 임도를 산책하며 자연과 하나 되기 위해서다. 전원주택을 하루빨리 갖고 싶은 마음은 굴뚝같은데 그 시기를 기다리고 있다. 제2의 일터와 연계해야 하기에 그렇다.

전원주택은 나의 작은 소망이다. 산 좋고 물 좋은 곳에 운치 있는 집을 지어 사람들과 정을 나누고 자연과 인생을 즐기고 싶다. 그곳에 작은 농원을 만들어 과일과 채소를 가꾸는 농부로 살고 싶다. 책을 읽고 글을 쓰며 차를 마시고 음악을 들으며 사랑하는 사람들과 만나는 삶을 꿈꾸어 본다. 전원생활의 멋과 맛을 한껏 즐기련다.

나의 꿈 나의 인생

삼월의 마지막 날 아침이다. 날씨가 흐려 화창하지는 않지만 기분 좋은 아침이다. 이른 아침에 들녘을 산책하면서 어둠에서 깨어나는 물상들과 사랑을 나누어서 그런 것 같다. 지난 한 달을 돌아보니 시간이 빠르다는 것을 새삼 느끼며 아쉬움도 있다. 시간의 흐름에는 상관하지 않지만 삶을 충실하게 보냈는지를 생각해 보니 더욱 그렇다.

어느덧 지천명에 이른 나이지만 내게도 꿈이 있다. 청춘이 아름답던 시절의 꿈과는 차원이 다르지만 남은 인생을 멋지게 보람되게 보내야 하지 않겠는가. 죽는 날까지 후회 없는 삶을 살고 간직한 꿈을 실현하는 것이 참 인생이 아닐까.

세상에는 아름다운 인생이 많지만 내 인생이 아니라서 부러워하지는 않는다. 다시 옛날로 돌아가고 싶은 마음도 없다. 갈 수도 없겠거니와 앞으로 할 것이 더 많기에 그렇다. 돌이켜보면 내 인생도 평범하나마 한판의 인생이며 간혹 아름다움이 묻어난다. 내가 창조하고 즐기며 살아가니까.

퇴직이 기다려진다. 기다리지 않아도 오는데 왜 기다려질까 한

번쯤 생각해 본다. 현재 생활이 힘들고 불편해서 그럴까. 약간은 그런 감이 있지만 퇴직 후에 할 계획을 세워놓았기에 아이들이 소풍 날을 기다리듯 들떠 있는 심정이다. 아, 생각만 해도 가슴이 벅차오른다.

나는 앞으로 어떤 삶을 살아가야 할까?

먼저 떠오르는 것이 하느님 사랑, 이웃 사랑의 실천이다. 하느님 사랑은 하느님과 사랑을 주고받는 것이다. 삶의 가치나 궁극적인 의미는 만상만물을 주신 하느님을 받들고 진리를 찾는 데 있다. 하느님의 사랑을 받고 싶으면 하느님을 사랑해야 한다. 하느님을 사랑하지 않는 자에게는 하느님이 사랑을 주어도 받을 준비가 되어 있지 않아 사랑을 받을 수가 없다. 하느님 사랑은 늘 하느님을 생각하고 영성으로 거듭나는 것이다. 저 광활한 우주에 무수한 천체들을 아우르는 무한 우주의 마음인 본성과 하나 되는 것이다.

이웃 사랑은 가장 평범한 인간의 마음인데 이를 실천하기가 대단히 어렵다. 모든 사람들이 공감하는데도 현실은 그렇지 않다. 우리는 일상에서 자신을 먼저 생각하다 보니 이웃은 돌아볼 겨를이 덜하다. 세월이 지나면 누구나 그때 잘할 걸 후회한다. 인간은 양면성의 마음을 가지고 있다. 마음은 근본적으로 선한데 남들이 나보다 잘되는 것을 달갑게 생각하지 않는다. 경쟁관계에 있다면 미워하는 마음도 있다. 내 마음이 네 마음이 되도록 이웃 사랑을 실천해야겠다.

지구촌에는 전쟁, 가난, 질병, 장애 등으로 고통 받는 사람들이 많다. 세상에는 자신의 힘만으로 살아가기가 매우 어려운 사람들도 많다. 고통 받고 소외된 사람들에게 작으나마 도움을 주고 나누며 살아야겠다. 그러한 삶이 인간의 궁극적인 목적이며 가치 있는 삶이다.

또 하나는 색즉시공 공즉시색의 진리를 체험하며 살고 싶다. 색즉시공 공즉시색은 반야심경에 나오는 말이다. 색과 공은 같으며 공에서 색이 나타나며 색은 다시 공이 된다. 이러한 진리를 끊임없이 체득하고 싶다. 색은 세상에 나투어진 만물이며 공은 무형무상의 본성이다. 현실의 물질적 존재는 모두 인연에 따라 만들어진 것으로서 불변하는 고유의 존재성이 없음이며, 만물의 본성인 공은 연속적인 인연에 의하여 임시로 다양한 만물로서 존재한다. 저 높고 먼 우주에서 이름 모를 골짜기에 이르기까지 나의 몸도, 자연에서 자라는 풀 한 포기도 다 공과 색이 반복되고 있다. 새벽에 일어나 명상을 하고 공과 색의 이치를 깨달으며 하루를 시작해야겠다.

이제 정신적인 꿈은 뒤로하고 현실적으로 하고 싶은 것이 있다.

첫째로, 나의 삶과 함께한 한국도로공사를 떠나면 곧바로 하고 싶은 것이 있다. 우명 선생이 창시한 마음수련회에서 마음수련 8단계 과정을 수련하는 것이다. 2009년도 여름휴가 때 1단계를 수련한 바 있는데, 내가 찾던 진리가 거기에 있었다. 그 후 수련을 계속하려고 했는데 시간과 여건이 맞지 않아 마음속에만 있었다. 나는 8단계 과정을 수련하여 인간완성의 길을 가고 대자유인이 되고 싶다.

둘째로, 우리 국토를 기행하고 싶다. 우리 산하를 둘러보는 것은 나의 취미이자 생활의 일부분이다. 그렇지만 이 또한 시간과 여건이 여의치 않아 단편적으로 즉흥적으로 하고 있는 실정이다. 물 찾아 길 따라 캠핑카를 몰고 다니며 산천을 누비고 싶다. 낮에는 명소·사적지·사찰·수목원 들을 둘러보고, 밤에는 산·바다·강·들녘에서 대자연과 호흡하고 싶다. 더 여유로워지면 착실한 계획에 따라 심도 있게 기행해야겠다.

셋째로, 세계 10개국을 여행하고 싶다. 나는 지금까지 해외로 나가 본 적이 없다. 해외여행의 필요성을 못 느꼈고 관심이 없어서다. 영상매체로 보는 지구촌은 우리나라와 별반 다를 것이 없어 보이기도 하고 큰 차이가 있는 것도 같다. 백문이 불여일견이고 간접경험보다는 직접경험이 낫지 않겠는가. 대상은 이미 정해 놓았으니 꼭 실행하여 그 나라 문화와 다른 사람들의 삶을 체험해 보겠다.

넷째로, 책을 10편 쓰고 싶다. 글을 쓰다 보니 글 쓰는 습관이 생활화되어 삶을 더욱 진지하게 한다. 놀라운 것은 처음에 의도했던 것보다 새로운 세계가 펼쳐질 때다. 글을 쓰다 보면 상상은 또 다른 상상을 낳고 생각지도 못한 지난날의 기억과 추억이 고스란히 선명하게 나타난다. 내가 본 사물과 현상에 대한 느낌이나 생각을 세상 밖으로 끊임없이 표출하고 싶다.

나의 꿈을 실천하기 위해서는 무엇보다도 건강과 돈이 뒤따라야 한다. 현대사회는 수많은 질병과 잘못된 환경이 우리의 건강을 위협하고 있다. 내게 맞는 운동을 꾸준히 하고 건강관리에 더욱 힘써야겠다. 노후준비는 경제적인 것으로 자금준비다. 나는 직장을 은퇴할 때까지 철저한 준비를 할 것이다. 오늘도 나의 재무제표를 보고 수정하며 열심히 때로는 속물근성이 있지만 재력을 쌓아가고 있다. 나의 인생을 위하여 뚜벅뚜벅 나아갈 것이다.